Liv Ullmann (Hrsg.)

Briefe an mein Enkelkind

LIV ULLMANN (Hrsg.)

Briefe an mein Enkelkind

Langen Müller

Titel der Originalausgabe:
Letter to my Grandchild

Alle Texte mit Ausnahme der Beiträge
von Lech Walesa und Simon Wiesenthal aus dem Englischen
sowie Elie Wiesels Brief aus dem Französischen
übersetzt von Lothar Schneider.
Lech Walesas Brief an den Enkel aus dem Polnischen
übertragen von Winfried Lipscher.

Schutzumschlaggestaltung: Wolfgang Heinzel, München
unter Verwendung eines Fotos von Leif R. Jansson/
Pica Press Foto, Stockholm
Satz: ew print & medien service gmbh, Würzburg
Gesetzt aus der 12/15 p Goudy Regular, System Apple Macintosh
Druck und Binden: Graphischer Großbetrieb Pößneck GmbH
– Ein Mohndruck-Betrieb –
Printed in Germany
ISBN 3-7844-2659-X

Inhalt

Anstelle eines Vorworts

DER BRIEF, DEN ICH IN DIE GANZE WELT VERSCHICKT HABE

Ich wende mich an Sie, um Sie um einen Beitrag für ein Buchprojekt zu bitten, an dem ich gerade arbeite. Es wird den Titel »Briefe an mein Enkelkind« tragen. Die Veröffentlichung wird einem guten Zweck dienen: der Organisation »Women's Commission for Refugee Women and Children« – einer Abteilung des International Rescue Commitee. Die Women's Commission hat sich der Aufgabe verschrieben, für die Millionen Frauen und Kinder auf der ganzen Welt zu sprechen, die durch zivile Auseinandersetzungen, Kriege, Verfolgungen und Hunger heimatlos geworden sind. Erklärtes Ziel ist es, die Lebensbedingungen von Flüchtlingsfrauen und -kindern mit Hilfe eines wirksamen und umfassenden Programms, das ihre Interessen wahrnimmt und Erziehungsmaßnahmen beinhaltet, zu verbessern.

Die Idee, die hinter dem Buchprojekt steht, sieht so aus, daß eine Reihe prominenter Persönlichkeiten auf der ganzen Welt – Menschen, die für ihr Eintreten für eine bessere Welt bekannt sind – einen persönlichen Brief an ihr eigenes Enkelkind schreiben – oder aber an *alle* Enkelkinder.
Der Brief könnte von etwas ganz Bestimmtem handeln, etwas aus Ihrer eigenen Erfahrung, das Sie gerne weitergeben möchten. Das können wichtige Ereignisse in Ihrem Leben sein, Werte, die Ihnen am Herzen liegen – es kann aber auch ein Brief über die Möglichkeiten, Herausforderungen oder Schrecknisse sein, die im Leben Ihres Enkelkindes vorkommen werden, oder auch ein Brief darüber, wie die Welt aussehen sollte, die Sie Ihrem Enkel wünschen. So speziell und persönlich wie möglich – und natürlich voll Liebe.

Als ich einmal auf dem Schoß meiner Großmutter saß und zu ihr sagte: »Ich liebe dich«, fragte sie mich: »Weißt du denn überhaupt, was mich verletzt?« Ich – damals noch ein kleines Mädchen – antwortete: »Nein.« Und da sagte die alte Frau zu mir: »Wie kannst du mich lieben – wenn du nicht einmal weißt, was mir weh tut?«

Mit diesem Buch möchte ich meiner Großmutter, Dagmar Ullmann, für alles, was sie mir gegeben hat, danken.

Liv Ullmann

Vladimir Ashkenazy

Ich möchte, daß mein Enkel früh lernt, zwischen Gut und Böse zu unterscheiden.
Ich wünsche ihm, daß er tolerant ist, aber nicht im Hinblick auf das Böse.
Ich möchte, daß er ehrlich zu sich und zu anderen ist.
Ich möchte, daß er anderen niemals etwas zufügt, was er selbst nicht erleiden will.
Ich wünsche ihm, daß er ein Realist mit Visionen wird.
Er sollte, egal, was er unternimmt, nicht so sehr an den Erfolg denken, sondern daran, sein Bestes zu geben.
Ich möchte, daß er die Freiheit nicht für einen Freibrief hält, sondern die damit verbundenen Pflichten sieht und auf andere Rücksicht nimmt.

Joan Baez

18. September 1996

Es gibt von mir bislang keinen »Brief an mein Enkelkind«, da ich keines habe. Hätte ich jedoch eines, würde ich ihm beziehungsweise ihr das folgende kurze Briefchen schicken:

Liebes; ich hatte ein glückliches Leben. Ich hoffe, Du hast auch eines. Glück ist ebenso wichtig wie Talent. Versuche nicht zu viel zu erreichen. Lerne die unauffälligen Dinge und das alltägliche Einerlei zu genießen. Hoffe für die, denen Du vertrauen, die Du lieben und mit denen Du leben kannst, aber enge sie und auch Dich selbst nicht ein. Soweit ich sehen kann, wird Deine Welt in fast jeder Hinsicht viel schlimmer als meine sein, doch mache das Beste daraus, wenn Du kannst. Damit leb wohl, mein nicht existierendes Enkelkind.

Harry Belafonte

4. April 1996

Liebe Rachel,

obwohl ich Dich sehr liebe und stets jede Gelegenheit, mit Dir zusammenzusein, gerne ergriffen habe, hat mir keines unserer gemeinsamen Erlebnisse eine solche Freude bereitet wie unsere Stippvisite nach Europa. Wie wunderbar war es, all diese Plätze zu besuchen und all die vielen Dinge zu sehen, insbesondere mit Deinen Augen. Das wird mir für immer und ewig in Erinnerung bleiben. In all den Jahren, in denen ich Paris besucht habe und bei diversen Veranstaltungen im Louvre gewesen bin, habe ich nie die »Mona Lisa« gesehen, und als es an jenem Nachmittag, den wir dort verbrachten, dann endlich soweit war, war es ein wunderbares Erlebnis.

Wie wir so von einem Ort zum anderen reisten, bemerkte ich wieder einmal die Einzigartigkeit eines jeden Landes und einer jeden Stadt, und so unterschiedlich die Menschen auch in vielerlei Hinsicht sind, ist es ein merkwürdig Ding, mit der Kraft und Schönheit all der Verschiedenheiten in Berührung zu kommen. Jedesmal, wenn Dinge anders sind, flößen sie uns Angst ein. Wie schade, daß wir nicht imstande sind, zu erkennen, daß in der Verschiedenheit Chancen liegen, daß wir in der Verschiedenheit die Möglichkeit finden, zu lernen und kreativ zu sein, und vor allem, daß wir, wenn wir die Verschiedenheit akzeptieren, zu unserer eigenen Menschlichkeit beitragen.

Die Welt, die Du erben wirst, wird uneinig und voller Probleme sein. Das ist sehr traurig, besonders für diejenigen von uns, die sich nachdrücklich dafür eingesetzt haben, den Ablauf der menschlichen Begegnungen mit viel Einsatz und Mühe neu zu gestalten, um diese Welt zu einem Ort mit mehr Freude zu machen.

Mein Freund und Mentor Paul Robeson sagte einmal: »Ungeachtet dessen, was wir leisten, muß letztendlich jede Generation für sich selbst verantwortlich sein.« Die Zukunft unseres Planeten, unserer Welt, wie sie sich entwickelt, wird laut an Deine

Tür und an die Türen Deiner Zeitgenossen klopfen und die Lösung ihrer Probleme fordern. Wenn Du die Tür öffnest, hab keine Angst vor der Verschiedenheit, die dann vielleicht vor Dir steht. Prüfe sie und lerne sie verstehen, denn vielleicht entpuppt sie sich als ein Geschenk für Dich.
Ich freue mich darauf, wieder einmal mit Dir zusammen eine Reise zu unternehmen.

In Liebe

»Grand-père« Harry

Gro Harlem Brundtland

ABSCHLUSSREDE
AUF DER VIERTEN WELTFRAUENKONFERENZ

Beijing,
15. September 1995

Wir sind hierhergekommen, um auf den Ruf der Milliarden Frauen zu antworten, die gelebt haben – und der Milliarden Frauen, die leben werden. Wir brauchen jetzt einen Gezeitenwechsel – die Frauen sind nicht länger bereit, die Rolle des zweitrangigen Staatsbürgers zu akzeptieren.

Unsere Generation muß auf den Ruf antworten. Wir haben zweifellos Fortschritte erzielt. Doch das Ausmaß unseres Erfolges kann heute noch nicht vollständig beurteilt werden. Es wird von unserem Willen abhängen, all das, was wir versprochen haben, auch einzuhalten.

Die Ansichten, die hier geäußert wurden – und die Nachrichten, die von hier ausgingen, – werden unwiderruflich die Meinung in der Welt prägen. Die

Geschichte von Beijing kann nicht totgeschwiegen werden.
Woran wird man sich erinnern? An fanatische Sicherheitsvorkehrungen? Die Fäuste der Polizisten? Nicht bewilligte Visa? Ja, aber solche Praktiken können und werden nicht von Dauer sein. Wir wollen heute unsere strategischen Siege zählen, nicht die taktischen Niederlagen. Was wir erreicht haben ist, die Lebensbedingungen von Mädchen und Frauen aus der Umklammerung zu befreien.
Jetzt müssen wir weitergehen. Jede Geschichte von Freiheitskämpfen lehrt uns, daß Leben, Freiheit, Gleichheit und Chancengleichheit nie freiwillig gegeben wurden. Sie mußten immer errungen werden. Wir können uns nicht der Illusion hingeben, daß ein anderer diese Sache für uns erledigt und Gleichheit mit den Männern herstellt. Frauen und Männer, die mit uns arbeiten, Männer, die begreifen, müssen gemeinsam für diese Freiheit kämpfen.
Heute wissen wir, daß der Beitrag der Frauen zur Wirtschaft für das Wachstum und die gesellschaftliche Entwicklung entscheidend ist. Wir wissen, daß Länder weiterhin in Armut leben werden, wenn die Frauen unterdrückt bleiben. Wir kennen den Preis, den wir bezahlen müssen, wenn wir mit der geschlechtsspezifischen Apartheit fortfahren.

Heute gibt es kein Land auf der Welt – kein einziges, in dem Männer und Frauen gleiche Chancen haben.
Deshalb müssen wir von Beijing aus aufbrechen
– zu den Barackensiedlungen der Riesenstädte in der dritten Welt,
– zu den Getreidefeldern an den Wüstenrändern Afrikas,
– zu den Eingeborenen-Gemeinschaften in den Regenwäldern Lateinamerikas,
– und heimgehen, um Werte und Einstellungen zu ändern.
Aber nicht nur dort. Nein,
– wir müssen in die Sitzungssäle gehen,
– in die Vorstädte Europas und Nordamerikas,
– in all unsere örtlichen Gemeinden,
– zu unseren Regierungen
– und zum Hauptquartier der Vereinten Nationen.
Überall dort ist ein Wandel notwendig. Im Norden ebenso wie im Süden. Was muß getan werden, um das Hoffen und Trachten der lebenden und noch nicht geborenen Generationen zu erfüllen?
Die Frauen müssen nicht nur frei und gleich werden, um ihr eigenes Leben wählen zu können.
Die Frauen müssen nicht nur das Recht haben, das formale und abgesicherte Recht, an der Gestaltung der Gesellschaft teilzunehmen.

Nein, viel mehr noch müssen die Frauen von diesem Recht Gebrauch machen. Frauenmacht ist eine beachtliche Kraft. Die Werte der Frauen haben uns eine Menge zu geben.
Wir brauchen Frauen auf allen Ebenen des Managements und der Regierung – der kommunalen ebenso wie der nationalen Regierung. Wir sind uns alle einig, daß Frauen eine Ausbildung und nicht nur Erfahrung haben müssen – doch wir sind weit davon entfernt, daß das auch praktiziert wird.
Um ein Beispiel aus dem Bereich der Politik anzuführen: Es gibt Kabinette und Parlamente auf der Welt, in denen wenige oder gar keine Frauen sitzen. Diese Situation kann und wird nicht so bleiben. Und wenn der Übergang zu echter politischer Vertretung schleppend vor sich geht, werden entsprechende Aktionen hilfreich sein. Wie in Skandinavien.
Als ich vor 15 Jahren zum erstenmal das Amt des Ministerpräsidenten übernahm, war das für viele Norweger ein Kulturschock. Heute fragen Vierjährige ihre Mamis: »Kann ein Mann eigentlich auch Ministerpräsident werden?«
Wir sind dabei, eine umfassende Aktionsplattform einzuführen. Alle darin enthaltenen Punkte sind für diese Tagesordnung des Wandels wichtig. Ich möch-

te mich auf einige besonders zwingende Stoßrichtungen konzentrieren:
Wir stimmen zu, daß die Ausbildung der Frauen wesentlich ist. Der Human Development Report dieses Jahres macht eindeutig klar: Der ökonomische Nutzen der Investition in die Ausbildung der Frauen ist völlig mit dem der Männer vergleichbar. Doch der soziale Nutzen durch ausgebildete Frauen übersteigt bei weitem den ausgebildeter Männer. Die Mädchenausbildung gehört zu den wichtigsten Instrumenten, um die Entwicklung voranzutreiben.
Es hat eine schwierige Debatte darüber gegeben, inwieweit Beijing die Menschenrechte der Frauen definieren sollte.
Als würde es ein Set von Menschenrechten für Männer und ein anderes, eingeschränktes, für Frauen geben.
Von einem Land, das nicht genannt werden soll, habe ich die folgende Behauptung gehört: »Um ehrlich zu sein, der Westen versucht doch, seine kulturellen Muster als internationales Modell durchzusetzen.«
Falsch, die meisten Länder verteidigen heute energisch ihre Kulturen. Und es besteht mehr Achtung und gegenseitiges Verständnis für die Wertvorstellungen anderer Kulturen und Religionen als je zuvor.

Doch das Problem liegt woanders: Es gibt Grenzen für die Praktiken, welche die internationale Gemeinschaft bei den Ländern zu akzeptieren oder zu verzeihen bereit ist, selbst wenn diese Praktiken tiefe kulturelle Wurzeln haben. An dieser Stelle kommen die Menschenrechte ins Bild.

Gewalt gegen Frauen, auch Gewalt in der Familie, kann in den meisten Ländern einschließlich des meinen als Teil eines »kulturellen Verhaltensmusters« angesehen werden. Uns liegen zu viele erschreckende Berichte vor, wonach Frauen einfach verprügelt werden.

Und natürlich muß die Freiheit von Gewalt und Nötigung auch im sexuellen Bereich gelten. Diese Konferenz hat rechtlich geklärt, was die vorhandenen Menschenrechte in der Praxis bedeuten.

Der Staat macht sich zum Komplizen, wenn Gewalt gegen Frauen als besondere kulturelle Kategorie innerhalb der Umgangsformen gesehen wird, die nicht in den Bereich der Justiz und des gesetzlichen Vollzugs gehört.

Es gibt Flecken auf der Weltkarte, wo es üblich ist, Mädchen zu mißhandeln. Die genitale Verstümmelung von Mädchen ist nichts anderes. Sie darf nicht als heilig und abgehoben aus dem Bereich der Politik herausgehalten werden, nur weil diese Praxis als

Teil eines »kulturellen Verhaltensmusters« betrachtet wird.
Die erschreckende Diskriminierung der Mädchen, noch ehe sie geboren sind, ist uns bekannt. Was vage als »pränatale Geschlechtsauswahl« bezeichnet worden ist sowie die tödliche Mißachtung weiblicher Säuglinge sind tragische Beweise dafür.
Derartige Praktiken haben oft sehr tiefe Wurzeln. Sie sind jedoch an Menschen gebunden, die heute leben. Warum gibt es in bestimmten Ländern erstaunlicherweise mehr Jungen als Mädchen? Diese Frage mag für Regierungen, die diese Verbrechen nicht unterstützen, unangenehm sein. Aber wir machen uns alle schuldig, wenn wir die Augen davor verschließen.
Warum wird den Mädchen weniger und schlechteres Essen gegeben als ihren Brüdern? Warum wird ihnen eine geringere Gesundheitsfürsorge und Ausbildung zuteil? Warum werden sie der entsetzlichen Tradition sexueller Ausbeutung unterworfen?
Tief verwurzelte, jahrhundertealte Verhaltensweisen lassen sich nicht so leicht verändern, aber die von mir erwähnten *müssen* geändert werden. Diese Aufgabe erfordert ein entschiedenes Vorgehen von Seiten der Regierungen, religiöser und privater Gruppierungen und nichtstaatlicher Organisationen.

Größere Gleichheit in der Familie ist für Männer, Frauen und Kinder positiv. Die Behauptung, diese Konferenz richte sich gegen Mutterschaft und Familie, ist einfach absurd.

Heute können wir feststellen, daß die Armut eine geschlechtsspezifische Tendenz hat. Armut diskriminiert in immer größerem Maße Frauen gegenüber Männern.

Der Mythos, Männer seien wirtschaftlich die Versorger und Frauen hauptsächlich Mütter und für die Familie zuständig, ist inzwischen gründlich widerlegt worden.

Dieses Vorstellungsmuster von Familie ist abgesehen von einem schmalen Segment der Mittelschicht nie die Norm gewesen.

Frauen haben immer gearbeitet, in allen Gesellschaften und zu allen Zeiten. In der Regel haben sie härter gearbeitet als die Männer und – ebenfalls in der Regel – ohne Lohn und Anerkennung. Ihr Beitrag war für die Nationalökonomien ebenso wesentlich wie für ihre Familien, wo die Frauen die Ernährer gewesen sind und häufig den Männern überlegen waren.

Wie statistisch belegt, haben sich die Gesellschaften die Frauen oft vom Leib gehalten.

Frauen, die zehn bis zwölf Stunden pro Tag in le-

bensunterhaltender Landwirtschaft arbeiten, können im Rahmen von nationalen Erhebungen als »Hausfrauen« registriert werden.
Aber ein Überblick über den Beitrag der Frauen an der Wirtschaft zeigt noch weit nachteiligere Auswirkungen. Häufig können Frauen noch nicht einmal einen bescheidenen Kredit aufnehmen, um unabhängiger und produktiver zu sein. In vielen Ländern besitzen die Frauen nichts, sie erben nichts und sind nicht in der Lage, Sicherheiten zu bieten. Darüber hinaus arbeiten die Gesetze oft genug gegen sie.
Nein, die Stellung der Frauen wird sich nicht allein dadurch verbessern, daß wir das so wollen, sondern durch eine Änderung in der Gesetzgebung, verstärkte Information und eine Umverteilung der Ressourcen.
Die Minister für Finanzen und Planung werden angesichts dessen, was Beijing über die ökonomische Rolle der Frauen sagt, ihre frühere Praxis bereuen. Die Befreiung der Frauen von den Ketten der Armut ist nicht nur eine Frage der Gerechtigkeit, sondern zielt auch auf ein überlegtes wirtschaftliches Wachstum und ein verbessertes Wohlergehen jedes einzelnen. Es ist höchste Zeit, daß wir Entwicklungspläne und Regierungshaushalte geschlechtsspezifisch beeinflussen.

Das 20/20-Konzept ist ein vielversprechender Weg nach vorne. Hier sind gegenseitiges Engagement, die Solidarität der internationalen Gemeinschaft und die Verantwortung einer jeden nationalen Regierung gefordert, grundlegende Sozialleistungen bereitzustellen. Es ist weder möglich, den Bestrebungen unserer Völker entgegen- noch unseren Verpflichtungen nachzukommen, ohne wenigstens 20% des nationalen Haushalts für grundlegende Sozialleistungen auszugeben. Und: Diese 20% müssen *geschlechtsspezifisch* genutzt werden. Die Bedürfnisse der Frauen müssen Vorrang haben vor denen des Militärs und vor Rüstungsausgaben.

Letztes Jahr auf der Bevölkerungskonferenz in Kairo haben wir unsere Lektion gelernt. Ein besserer Status der Frau und überlegte Familienplanung sind der Schlüssel zu einer niedrigeren Geburtenrate. Das gefährliche Schema »zu viele, zu früh, zu spät und zu eng aufeinander« wirkt sich auch äußerst nachteilig auf das Überleben von Säuglingen und Kindern aus. Es ist unmoralisch, die Frauen zu einem Leben mit ständigem Kinderkriegen und Schuften zu verdammen. Wo Gerechtigkeitsappelle in Sinne der Frauen bislang ungehört verhallten, hilft vielleicht die Notwendigkeit einer überlegteren Wirtschaft und einer vernünftigeren Bevölkerungsentwicklung.

Glücklicherweise gelang es uns, einen Damm aufzuschütten gegen die stürmischen Wellen, die den Konsens in Kairo bedrohten. Doch hier in Beijing erreichten wir mehr als nur die Verteidigung früherer Errungenschaften. Als ich auf der Konferenz von Kairo sagte, daß wir dafür sorgen sollten, Frauen, die keinen anderen Ausweg als die Abtreibung sähen, zu dekriminalisieren, verursachte das einen regelrechten Aufruhr. Und ich begreife einfach nicht, warum auch hier in Beijing die, die lautstark für etwas eintreten, womit viele von uns einverstanden sind, nämlich eine fürsorgerische Gemeinschaft, in der alle Frauen sicher ihre Kinder haben können, warum gerade die so starr daran festgehalten haben, daß diese unerhört schwierige Entscheidung ein Fall für den Staatsanwalt sein soll.

Wir sollten das menschliche Leiden in den Mittelpunkt stellen und nicht die Kriminalisierung der Schwächsten und Verletzlichsten.

Jede Sekunde wird ein Kind in diese Welt der Ungleichheit hineingeboren. All diese Kinder verdienen Liebe und Fürsorge, eine Zukunft und Chancen. Nichts ist so vollkommen, von so unbedingtem Vertrauen, wie der Blick eines neugeborenen Mädchens oder Jungen. Von diesem einzigartigen Blick müssen wir ausgehen und uns seiner würdig erweisen.

Jung Chang

An eine ungeborene Enkeltochter

London,
März 1996

Liebe Enkeltochter,

ich übergebe Dir diesen Brief zusammen mit einem Buch, das ich geschrieben habe, ein Buch, das mir eine Menge bedeutet und von dem ich gerne möchte, daß Du es liest. Es ist die wahre Geschichte der Frauen in unserer Familie – meiner Großmutter, meiner Mutter und mir – und unseres Lebens im China des 20. Jahrhunderts. In diesem Buch »Wilde Schwäne« ist Deine Urgroßmutter – meine Mutter – eine Hauptperson, und ich hoffe, daß sie, wenn Du das Buch lesen kannst, noch am Leben und gesund ist und Du die Möglichkeit hast, sie kennenzulernen. Ich möchte Dir jetzt etwas mehr über sie erzählen und darüber, wie ich ihretwegen anfing, »Wilde Schwäne« zu schreiben, und wie ich sie durch die Arbeit am Buch mehr und mehr verstand. Es würde mich sehr freuen, wenn Du sie, nachdem Du »Wilde Schwäne« und diesen Brief gelesen hast, ebenso hochschätzen und lieben könntest wie ich.

Meine Mutter lebt in Chengdu, der Hauptstadt von Sichuan im Herzen von China. Ich bin dort aufgewachsen und machte mich 1978 im Alter von 26 Jahren auf den Weg nach England. Mao Zedong war gestorben, China begann sich zu öffnen, und ich gehörte zu den ersten, denen die Ausreise gestattet wurde. Zehn Jahre danach kam meine Mutter nach London, um eine Weile bei mir zu bleiben. Es war ihre erste Reise ins Ausland. Ich wollte, daß sie ihren Aufenthalt richtig genießt, und verbrachte viel von meiner knapp bemessenen freien Zeit damit, ihr alles zu zeigen. Nach einer Weile stellte ich fest, daß sie sich überhaupt nicht amüsierte. Ihr lastete etwas auf der Seele; sie war irgendwie rastlos. Das verwirrte mich, da es eigentlich so gar nicht ihrer Art entsprach.

Meine Mutter wurde 1931 als Tochter eines Generals und seiner Konkubine geboren. Mit 15 Jahren wurde sie Untergrundkämpferin der Kommunisten; sie führte Studentenbewegungen an und schmuggelte während des Bürgerkrieges zwischen den Kommunisten und der Kuomintang militärische Informationen aus der Stadt. Einmal wurde sie gefangengenommen und an eine Mauer gestellt, an der man direkt neben ihr einen Mann erschoß. Als die Kommunisten die Macht übernahmen – sie war damals etwas über zwanzig –, übertrug man ihr das Amt für Erziehung, Gesundheit und Unterhaltung für eine halbe Million Menschen in Chengdu. Während der Kulturrevolution (1966–1976) weigerte sie sich, meinen Vater zu denunzieren, der zu den wenigen hohen Offizieren gehörte, die sich gegen Mao auflehnten. Sie kam ins Gefängnis, mußte auf Glasscherben niederknien, wurde gefoltert und in ein Arbeitslager verschickt. In diesem Jahrzehnt des Umbruchs beschützte meine Mutter ihre fünf kleinen Kinder – und meinen Vater. Obwohl die Chancen denkbar schlecht standen, gelang es ihr, nach Peking zu fliehen, Außenminister Zhou Enlai zu treffen und zu erwirken, daß mein Vater schließlich aus dem Gefängnis freikam. Trotz all dieser schweren Prüfungen verlor meine Mutter nie ihre innere Ruhe.

Doch an einem Samstag im Frühling in meiner Londoner Wohnung in Notting Hill Gate begann sie hemmungslos zu weinen. An diesem Morgen lehnte sie es ab, bei Harrod's einkaufen zu gehen, und setzte sich an meinen schwarzen Eßtisch, auf dem ein

Strauß gelber Narzissen stand. Sie umklammerte mit beiden Händen ihre Tasse mit Jasmintee und begann, von meinem Vater zu erzählen.
Sie war 18 Jahre alt und frisch verheiratet, als sie mit einer Militäreinheit einen Marsch von über 1000 Meilen von der Mandschurei nach Sichuan mitmachte. Den Vorschriften entsprechend mußte sie, die sich gerade erst der Revolution angeschlossen hatte, zu Fuß gehen, während mein Vater als höherer Offizier berechtigt war zu reiten. Er hätte sie niemals aufsitzen lassen, weil das gegen die Vorschrift war und als Begünstigung hätte angesehen werden können, wo doch die Kommunisten geschworen hatten, die Vetternwirtschaft abzuschaffen. Das Ergebnis war, daß meine Mutter eine Fehlgeburt hatte und ihr erstes Kind verlor. Mir fiel die Bitterkeit in ihrer Stimme auf: Ich hatte immer angenommen, sie sei glücklich verheiratet, weil ich gesehen hatte, wie sehr sie sich während der Kulturrevolution für meinen Vater einsetzte und wie entsetzlich sie litt, ohne zu murren.
Ich forderte sie auf, mehr zu erzählen, und merkte, daß sich dank meines Interesses und meines Mitgefühls die kleinen Unsicherheitsfalten in ihrem Gesicht glätteten. Sie war offenbar im Zweifel darüber gewesen, wie ich reagieren würde: Sie wußte, wie

sehr ich meinen Vater liebte, und nach chinesischer Sitte war sein Verhalten zu bewundern und nicht zu kritisieren.

Meine Mutter redete monatelang jeden Tag. Ihre frühere Rastlosigkeit war völlig verschwunden. Ich erfuhr aus ihren Enthüllungen eine Menge Schockierendes. Dinge, die ich nie verstanden hatte, bekamen plötzlich einen Sinn. Ich hatte eine verschwommene Erinnerung an meinen Aufenthalt in einem Kinderhort gehabt, als meine Mutter plötzlich eines Nachts an meinem Bett saß. Ich hatte sie sehr lange nicht gesehen. Ich ergriff ihre Hand und weigerte mich, einzuschlafen, weil ich Angst hatte, sie würde wieder verschwinden. Da entzog sie mir ihre Hand und ging, ohne sich noch mal umzudrehen, so laut ich auch schrie. Vor lauter Zorn wurde ich dann krank.

In dieser Zeit entwickelte ich eine Reihe seltsamer Anfälle mit hohem Fieber, Bauchschmerzen und Herzbeschwerden, die mich meine ganze Kindheit über verfolgten und auch heute noch manchmal mein Leben überschatten. Jetzt erfuhr ich die schmerzhafte Wahrheit, die meine Mutter damals nicht aussprechen konnte: Sie stand – ich war gerade drei Jahre alt – unter dem Verdacht der Konterrevolution und hatte sich in Haft befunden.

Auf einer Reise setzten sich unsere Gespräche fort. Als wir zur Isle of Skye und zum Luganer See fuhren, redete sie während der Autofahrten, auf Spaziergängen und die halbe Nacht. Wenn ich arbeiten mußte, blieb sie zu Hause und sprach auf Tonband. Hier, weit weg von den gesellschaftlichen und politischen Grenzen Chinas, war sie in der Lage, ihre Seele und ihr Herz zu öffnen. Ihre Geschichten waren ganz exakt rekonstruiert. Sie erinnerte sich deshalb so genau an die Dinge, weil sie sie im Laufe der Jahre bei ihren Vernehmungen immer und immer wieder bis ins kleinste Detail darlegen mußte. Einmal wurden 15 Personen ausgesandt, um ihretwegen in ganz China Ermittlungen anzustellen. Als sie London verließ, hatte sie 60 Stunden Tonbandprotokolle aufgenommen. Weil ich diese Erinnerungen bewahren wollte, begann ich, die Geschichte unseres Lebens und des meiner Großmutter während der turbulenten Ereignisse im China des 20. Jahrhunderts aufzuschreiben.

Zweieinhalb Jahre lang beherrschte »Wilde Schwäne« unser beider Leben. Als das Buch fast fertig war, kam 1991 an einem hellen Frühlingsmorgen ein besonders kurzer Brief von meiner Mutter: Das Buch würde sich wahrscheinlich nicht verkaufen lassen und man würde ihm keine Beachtung schenken, was mich aber nicht entmutigen solle, denn ich hätte aus ihr eine glückliche Frau gemacht, indem ich das Buch schrieb und wir uns dadurch näherkamen. Das allein genüge ihr. Es war typisch für meine Mutter, das Schlimmste anzunehmen und mich davor beschützen zu wollen. Aber diesmal war ich ungewöhnlich gerührt, weil ich den Aufruhr ihrer Gefühle und die Prüfungen der Geschichte miterlebt hatte, die ihr Wesen besänftigt hatten. Ich hatte im Respekt und in der Liebe zu meiner Mutter eine neue Dimension erreicht.

»Wilde Schwäne« sollte ein Erfolg werden. Als ich am Telefon meiner Mutter in Chengdu von den Lizenzausgaben in fremden Sprachen (damals 25), den Bestsellerlisten und den Auszeichnungen erzählte, klang sie gar nicht überrascht. Einzig der Stolz erfüllte ihre Stimme. Ich spürte ihre Anerkennung und ihre Zufriedenheit, ohne daß sie etwas sagte: Nicht nur bei ihrer Tochter war sie auf Verständnis gestoßen, sondern auch bei Millionen von Lesern auf der ganzen Welt.

Meine liebe Enkeltochter, ich hoffe,
Dir gefällt »Wilde Schwäne«.

Deine Großmutter

Leonard Cohen

1. August 1996

An das Kind meines Kindes

Ich bin wohl nicht in der Nähe, wenn Du diese Zeilen liest, aber ich möchte Dich wissen lassen, daß ich heute morgen, als ich spazierenging, den Vollmond über den Kiefern stehen sah. Er war sehr hell und rund und voll, und es machte mich sehr glücklich, ihn zu betrachten. Eines Tages wirst Du denselben Mond sehen. Ich hoffe, daß dieser Anblick Dich dann ebenfalls glücklich macht.

In Liebe

Dein Großvater

Dalai Lama

29. März 1996

Liebe junge Freunde,

wenn wir stark, gesund und voller Leben sind, vergessen wir leicht, wie hilflos wir waren, als wir zur Welt kamen. In unserer frühen Kindheit sind wir völlig von der Güte anderer abhängig. Haben wir dann die Zeit der Jugend erreicht, können wir selbst auf uns aufpassen und werden vor neue Aufgaben gestellt. Dementsprechend gewinnen wir im Denken und Handeln ein Stück Freiheit und Flexibilität. Das ist vielleicht der Grund, warum Erwachsene später ihre Jugendjahre als die schönste Zeit im Leben bezeichnen.

Weil die Zukunft offen ist, haben wir das Gefühl, tun zu können, was uns gefällt. Dabei ist wichtig, unsere Möglichkeiten so zu nutzen, daß wir es später

nicht bereuen. Früher oder später müssen wir alle Verantwortung übernehmen, die unsere Freiheit einschränkt. Ich bin oft überrascht, wenn ich junge Leute nach ihren Zukunftsvorstellungen und Hoffnungen frage. Vielleicht weil es so selbstverständlich ist, antworten nur sehr wenige, daß sie einfach nur glücklich sein wollen. Aber Hand aufs Herz, beruhen nicht alle unsere Pläne auf dem grundsätzlichen Bedürfnis nach Glück und Zufriedenheit? Wie unterschiedlich wir es auch ausdrücken mögen, so ist uns als Lebewesen doch im tiefsten Innern der Wunsch gemeinsam, glücklich zu sein. Und weil dieser Wunsch eine solch vorrangige Wichtigkeit hat, ist es meiner Meinung nach lohnend, sich zu überlegen, wie man Glück erringen kann.
Ganz allgemein läßt sich sowohl Glück als auch Leiden in zwei Hauptkategorien einteilen: psychisch und physisch. Unsere seelischen Erfahrungen sind stärker. Haben wir uns beispielsweise irgendwie verletzt – etwa den Knöchel schmerzhaft verstaucht –, hält uns das nicht davon ab, uns glücklich zu fühlen, wenn wir von Freunden besucht werden. Fühlen wir uns dagegen niedergeschlagen und elend, weil wir Sorgen haben oder enttäuscht sind, dann sind wir, auch wenn wir unsere Lieblingsspeise angeboten bekommen, nicht fähig, sie zu genießen.

Deshalb ist es sinnvoll, sich die Ursachen für seelischen Frieden und Glück zu überlegen.
Nach meiner eigenen, begrenzten Erfahrung besteht die wesentliche Quelle jeden Glücks in Liebe und Mitleid, in einem Gefühl von Güte und Warmherzigkeit für andere. Wenn Du anderen freundlich und vertrauensvoll begegnen kannst, wirst Du ruhiger und entspannter. Du verlierst das Mißtrauen und die Angst, die wir anderen Leuten gegenüber oft haben, sei es, weil wir sie nicht gut kennen oder weil wir das Gefühl haben, sie bedrohten uns oder wetteiferten irgendwie mit uns. Wenn Du ruhig und entspannt bist, kannst Du die Fähigkeit Deines Verstandes zum klaren Denken richtig benutzen, und Du wirst, egal was Du tust, ob Du nun studierst oder arbeitest, in der Lage sein, es besser zu machen.
Warum sollten wir anderen Menschen gegenüber freundlich und warmherzig sein? Weil sie ihrem Wesen nach so sind wie wir. Ob wir reich oder arm sind, gebildet oder ungebildet, wo immer wir leben und egal, ob wir ein und derselben Nation, Religion, Kultur angehören, wir sind alle ganz einfach Menschen. Wir sind wie Brüder und Schwestern, wie Mitglieder einer großen Menschheitsfamilie. Wie jeder andere wünschen wir uns Glück und kein Leiden. Außerdem haben wir alle das gleiche Recht,

Leiden zu vermeiden und nach Glück zu streben. Deshalb versuche ich jedesmal, wenn ich einer anderen Person begegne, zu denken: »Hier ist ein anderes menschliches Wesen genau wie du selbst, und seine Hoffnungen und Wünsche sind die gleichen wie deine.« Dann regen sich in mir wie von selbst freundliche, warmherzige Gefühle.

Jeder reagiert positiv auf Güte. Einer der Gründe für die enge Bindung zwischen uns und unseren Eltern ist die natürliche Güte, mit der sie für uns sorgten. Vom Augenblick der Empfängnis im Leib unserer Mutter bis zu unserer eigenen Selbständigkeit empfangen wir von vielen verschiedenen Menschen Güte und Hilfsbereitschaft, ohne die wir nicht überleben würden. Wenn wir das bedenken, mag uns das dazu anregen, die Güte, die wir erfahren haben, zu vergelten, indem wir zu anderen gütig sind.

Als menschliche Wesen sind wir alle soziale Geschöpfe. Es liegt in unserer Natur, nach Freunden und Gesellschaft zu suchen, und mit einigen wenigen Ausnahmen verabscheuen wir die Einsamkeit. Welches sind nun die Qualitäten, die Freunde anziehen? Es sind sicher nicht Zorn, Eifersucht und Falschheit, sondern eine liebevolle Beziehung zum anderen Menschen, geprägt von Offenheit und Aufrichtigkeit.

Mit dem Näherrücken des 21. Jahrhunderts wächst unsere Welt mehr und mehr zusammen und wird in vielerlei Hinsicht freundlicher. Natürlich werden wir auch mit Problemen konfrontiert, die uns alle angehen, wie Überbevölkerung, schwindende Bodenschätze und eine Umweltkrise, die die Grundlagen unserer Existenz im Kern bedroht. Dazu kommt die Schwierigkeit, einen echten Weltfrieden zu schaffen. Um den Herausforderungen unserer Zeit zu begegnen, muß die Menschheit ein größeres Verantwortungsbewußtsein entwickeln. Jeder von uns muß lernen, nicht nur für sich selbst, die Familie oder die Nation zu arbeiten, sondern für das Wohlergehen der ganzen Menschheit. Keiner kann sein Gewissen mit dem Gedanken beruhigen, daß andere diese Probleme schon lösen werden. Jeder von uns muß wirklich seinen Teil der Verantwortung tragen. Positive Veränderungen kommen nicht schnell oder leicht, aber ich bin voller Hoffnung.
Ich glaube, es ist wichtig, daß diese Angelegenheiten nicht bloß die Aufgabe der Erwachsenen sind und daß auch diejenigen, die noch jung sind, sich damit beschäftigen. Die Beschaffenheit der Zukunft ist für Euch, die Ihr noch den Großteil Eures Lebens vor Euch habt, von entsprechend größerem Interesse. Auch wenn nur einige wenige Individuen versu-

chen, in ihrem Innern mentalen Frieden und seelisches Glück zu schaffen und im Umgang mit anderen Verantwortung und Herzensgüte zu zeigen, werden sie einen positiven Einfluß auf ihre Gemeinschaft haben. Und deswegen vertraue ich darauf, daß das kommende Jahrhundert die Entwicklung einer freundlicheren, liebevolleren und verständnisvolleren Menschheitsfamilie auf diesem Planeten erleben wird.

Mit meinen guten Wünschen und Gebeten

Euer Dalai Lama

Umberto Eco

Brief an meinen Sohn

1964

Lieber Stefano,

Weihnachten rückt näher, und bald wird es in den großen Kaufhäusern der Stadt nur so wimmeln von aufgeregten Vätern, die ihr jährliches Szenarium scheinheiliger Großzügigkeit ausleben. Und mit welcher Freude haben sie auf diesen Augenblick gewartet, einkaufen zu können, für sich – unter dem Vorwand, es sei für ihre Söhne: die geliebte elektrische Eisenbahn, das Puppentheater, die Zielscheibe mit Pfeil und Bogen und das Ping-Pong-Set für die ganze Familie. Ich werde in diesem Jahr noch Zuschauer bleiben, denn ich bin noch nicht an der Reihe, Du bist zu klein, und die Montessori-erprobten Spielzeuge für Säuglinge können mich nicht begeistern, vielleicht weil ich keine Lust habe, sie in den Mund zu stecken, auch wenn mir das Etikett versichert, daß ich sie nicht verschlucken kann. Nein, ich muß warten, zwei Jahre oder drei oder vier. Dann werde ich an der Reihe sein; die Phase der von der Mutter dominierten Erziehung wird vorüber sein, das Regiment des Teddybären zu Ende gehen, und der Moment wird kommen, an dem ich mit der süßen und geheiligten Gewalt väterlicher Autorität beginnen kann, Dein bürgerliches Bewußtsein zu formen. Und dann, Stefano ...

Dann werden Deine Geschenke Schußwaffen sein. Doppelläufige Schrotflinten. Repetiergewehre. Maschinenpistolen. Kanonen. Panzerfäuste. Säbel. Armeen von Bleisoldaten in voller Kampfausrüstung. Burgen mit Zugbrücken. Festungen zum Belagern. Kasematten, Munitionsdepots, Zerstörer, Jets. Maschinengewehre, Dolche, Revolver. Colts und Winchesterbüchsen. Chassepotgewehre, 91er, Garands, Tretminen, Arkebusen, Culverins, Steinschleudern, Armbrüste, Bleikugeln, Katapulte, brennende Holzscheite, Handgranaten, Wurfgeschosse, Schwerter, Spieße, Sturmböcke, Hellebarden und Enterhaken. Und Feuerwaffen wie bei Kapitän Flint (in Erinnerung an Long John Silver und Ben Gun) und Dolche von der Sorte, wie Don Barrejo sie so liebte, und Klingen aus Toledo, mit denen man drei Pistolen auf einmal wegschlagen und den Marquis von Montelimar zu Fall bringen konnte, oder den neapolitanischen Scheinangriff anwenden, bei dem der Baron de Sigognac den üblen Burschen, der seine Isabelle stehlen wollte, erschlug. Und Du wirst Streitäxte bekommen, Partisanen, Hirschfänger, Ohrendolche, Speere, Krummsäbel, Pfeile und Stockdegen, wie John Carradine einen in der Hand hielt, als er an der dritten Querstange durch einen Stromstoß hingerichtet wurde, und wenn sich niemand daran erinnert, ist das ein verdammtes Glück. Und Entermesser von Piraten, die Carmaux und Van Stiller erbleichen lassen, und damaszierte Pistolen, wie sie Sir James Brook noch nie gesehen hat (sonst hätte er nicht angesichts der sardonischen soundsovielten Zigarette des Portugiesen aufgegeben), und Stilette mit dreieckigen Klingen von der Sorte, mit der der Schüler von Sir Williams, als in Clignancourt sanft der Tag zur Neige ging, den Meuchelmörder Zampa umbrachte, der seine eigene Mutter tötete, die alte und schmutzige Fipart; und poires d'angoisse, wie sie in den Mund des Kerkermeisters La Ramée hineingesteckt wurden, während der Herzog von Beaufort, die Haare seines kupferfarbenen Barts dank der steten Pflege mit einem Bleikamm um so faszinierender, davonritt und sich voller Freude die Wut von Mazarin vorstellte; und mit Nägeln gefüllte Mündungen, abzufeuern von Männern, deren Zähne rot sind von Betelflecken; und Gewehre mit Perlmuttkolben, wie man sie auf dem Rücken von Araberpferden mit glänzendem Fell anlegt; und blitzschnelle Bogen, bei denen der Sheriff von Nottingham grün vor Neid geworden wäre; und Skalpiermesser, wie Minnehaha eines gehabt haben muß oder (da Du zweisprachig aufgewachsen bist) Winnetou. Eine kleine, flache Pistole, um sie für die Taten eines Meisterdiebes in die Weste unter einen Gehrock zu stecken, oder eine schwergewichtige Luger, die die Tasche ausbeult oder eine Achselhöhle à la Michael Shayne füllt. Und Schrotflinten, würdig eines Jesse James und eines Wild Bill Hickok, oder Sambigliong-Vorderlader. Mit anderen Worten: Waffen. Viele Waffen. Sie, mein Junge, werden der Höhepunkt all unserer Weihnachtsfeste sein.

Mein Herr, ich bin entsetzt – wird mancher sagen –, Sie, ein Mitglied des Komitees für nukleare Abrüstung und Anhänger der Friedensbewegung; Sie, der Sie an den Märschen zur Hauptstadt teilnehmen und gelegentlich schon mal einen Aldermaston-Mythos pflegen.

Widerspreche ich mir selbst? Nun denn, ich wider-

spreche mir selbst (wie Walt Whitman es ausdrückt).
Eines Morgens, als ich dem Sohn eines Freundes ein Geschenk versprochen hatte, ging ich in ein Kaufhaus in Frankfurt und fragte nach einem netten Revolver. Alle sahen mich entsetzt an. Wir führen kein Kriegsspielzeug, mein Herr. Das war schon genug, um mir das Blut stocken zu lassen. Gekränkt verließ ich das Geschäft und stieß mit zwei Bundeswehrsoldaten zusammen, die auf dem Bürgersteig liefen. Das brachte mich in die Realität zurück. Ich würde mich von niemandem zum Narren halten lassen. Von nun an würde ich mich allein auf meine persönliche Erfahrung verlassen, und zur Hölle mit den Pädagogen.
Meine Kindheit war hauptsächlich – wenn nicht ausschließlich – kriegerisch. Ich benutzte Blasrohre, in letzter Minute behelfsmäßig in den Büschen hergestellt; ich kroch hinter einige geparkte Autos und feuerte mit meinem Repetiergewehr; ich leitete Angriffe mit aufgestecktem Bajonett. Ich war völlig gefesselt von besonders blutigen Schlachten. Zu Hause waren es Spielzeugsoldaten. Ganze Armeen, eingebunden in nervenaufreibende Strategien, Operationen, die Wochen dauerten, große Kompanien, in denen ich sogar die Überreste meines Plüschteddys

und die Puppen meiner Schwester mobilisierte. Ich organisierte Banden von Glücksrittern und ließ mich von meinen wenigen, aber verläßlichen Anhängern als »der Schrecken der Piazza Genova« (jetzt Piazza Matteotti) bezeichnen. Ich löste eine Gruppe Black Lions auf, um sie mit einer anderen, stärkeren Einheit zu verschmelzen, und fällte dann eine Entscheidung, die sich als katastrophal herausstellen sollte. Wieder umgezogen in die Gegend von Monferrato, wurde ich gewaltsam von einer Straßenbande rekrutiert und einem Initiationsritus unterworfen, der in hundert Tritten in den Hintern und einer dreistündigen Gefangenschaft in einem Hühnerstall bestand. Wir kämpften gegen die Bande vom Nizza Creek, die scheußlich verdreckt und eklig war. Beim ersten Mal bekam ich es mit der Angst zu tun und rannte weg; beim zweiten Mal traf mich ein Stein an der Lippe, und bis heute habe ich dort einen kleinen Knubbel, den ich mit der Zunge fühlen kann. (Dann wurde es ernst. Die Partisanen ließen uns ihre MGs für zwei Sekunden halten, und wir sahen einige Freunde mit einem Loch im Kopf tot daliegen. Inzwischen waren wir erwachsen geworden, und wir gingen am Ufer des Belbo entlang, um die 18jährigen beim Liebesspiel zu erwischen, es sei denn, wir hatten gerade, ergriffen von einer my-

stischen Adoleszenzkrise, allen fleischlichen Gelüsten entsagt.)
Aus dieser Orgie an Kriegsspielen ging ein Mann hervor, der es schaffte, 18 Monate Militärdienst abzuleisten, ohne ein Gewehr anzurühren, und der seine langen Stunden in der Kaserne dem ernsten Studium der mittelalterlichen Philosophie widmete. Ein Mann, der viele Schandtaten beging, aber stets unschuldig gewesen ist, was das schmutzige Verbrechen der Liebe zu Waffen und den Glauben an die Heiligkeit und die Kraft von Soldatentugenden angeht. Ein Mann, der eine Armee nur dann schätzt, wenn er die Krieger sieht, wie sie sich nach dem Vajont-Desaster durch den Dreck schlagen und dabei einen friedlichen und edlen zivilen Zweck verfolgen. Ein Mann, der nicht an gerechte Kriege glaubt, der glaubt, daß alle Kriege ungerecht und verflucht sind und daß man immer widerwillig kämpft, in den Konflikt hineingezogen wird, hofft, daß er bald enden möge, und alles risikiert, weil es eine Sache der Ehre ist und man sich dem nicht entziehen kann. Und ich glaube, ich verdanke meinen gründlichen, systematischen, kultivierten und dokumentierten Schrecken vor dem Krieg den gesunden, unschuldigen, platonisch blutigen Befreiungen, die mir in der Kindheit zugestanden wurden, genauso wie du nach

einem Western (mit einer fürchterlichen Schlägerei, bei der der Balkon des Saloons herunterkracht, Tische und große Spiegel zerbrechen, jemand auf den Mann am Piano schießt und das Spiegelglasfenster zertrümmert wird) irgendwie gereinigt, freundlicher und entspannter bist und dem Passanten, der dich anrempelt, zulächelst und dem Spatzenjungen hilfst, das aus dem Nest gefallen ist – was Aristoteles durchaus bewußt war, als er von der Tragödie verlangte, daß die blutrote Fahne vor unseren Augen geschwenkt werden solle, um uns mit den göttlichen Magnesiumsulfaten der Katharsis zu läutern.
Dann stelle ich mir die Kindheit von Eichmann vor. Wie er auf dem Bauch liegt und mit diesem Buchhalter-des-Todes-Ausdruck im Gesicht die Teile des Märklin-Baukastens studiert und gewissenhaft die Anweisungen des Begleitheftes befolgt; wie er eifrig die glänzende Schachtel des Chemiebaukastens öffnet; sadistisch die winzigen Werkzeuge aus »Der kleine Zimmermann« nimmt und den eine Handbreit großen Hobel und die 20 Zentimeter lange Säge auf ein Stück Sperrholz legt. Hüte Dich vor Jungen, die Miniaturkräne bauen! In ihren kalten und verzerrten Hirnen unterdrücken diese kleinen Mathematiker die grausigen Komplexe, die ihre rei-

fen Jahre motivieren werden. In jedem kleinen Monster, das an den Knöpfen der Spielzeugeisenbahn dreht, verbirgt sich ein zukünftiger Kommandant von Todeslagern! Paß auf, wenn sie allzu liebevoll mit diesen Matchbox-Autos umgehen, die die zynische Spielzeugindustrie für sie herstellt, perfekte Nachahmungen, mit einem Rumpf, der sich wirklich öffnen läßt, und Fenstern, die auf- und zugemacht werden können – erschreckend! Ein schrecklicher Zeitvertreib für die zukünftigen Befehlshaber einer elektronischen Armee, die bar jeder Leidenschaft eiskalt den roten Knopf drücken und damit einen Atomkrieg auslösen werden!
Du kannst sie leicht erkennen. Die großen Immobilienspekulanten, diese Herrscher über die Elendsviertel, die im tiefsten Winter eine Zwangsräumung durchführen; sie haben ihre Persönlichkeit im berüchtigten Monopoly-Spiel offenbart, wurden vertraut mit der Idee des Kaufs und Verkaufs von Eigentum und den erbarmungslosen Geschäften mit Schuldverschreibungen und Wechseln. Die Père Grandets von heute, die den Geschmack des Gewinns mit der Muttermilch eingesogen und mit Glückskarten Insiderhandel gelernt haben. Die Bürokraten des Todes übten mit Lego-Bausteinen, die Zombies der Bürokratie, deren geistiger Abstieg

mit den gummierten Briefmarken und den Waagen der »Kleinen Post« begann.
Und morgen? Welche Entwicklung wird eine Kindheit prägen, in der industrialisierte Weihnachtsfeste amerikanische Puppen herausbringen, die reden und singen und sich bewegen, und japanische Roboter, die dank einer unerschöpflichen Batterie springen und tanzen, und ferngesteuerte Automobile, deren Mechanismus immer ein Geheimnis bleiben wird ...?
Stefano, mein Junge, ich werde Dir Gewehre schenken. Weil ein Gewehr kein simpler Zeitvertreib ist. Es inspiriert zum Spielen. Damit wirst Du Dir eine Situation ausdenken müssen, eine Reihe von Beziehungen, eine Dialektik von Ereignissen. Du wirst »Bumm« schreien müssen, und Du wirst entdecken, daß Dein Spiel nur den Wert hat, den Du ihm gibst, da wird keiner mitgeliefert. Indem Du Dir vorstellst, Feinde zu vernichten, wirst Du einen Urtrieb befriedigen, den eine langweilige Zivilisation nie zu ersticken imstande ist, es sei denn, Du verwandelst Dich in einen Neurotiker und machst ständig Rorschach-Tests, durchgeführt vom Kompaniepsychologen. Aber Du wirst merken, daß das Vernichten der Feinde Spielregeln hat, ein Spiel ist wie jedes andere, und Du wirst lernen, daß es nichts mit der

Realität zu tun hat, und beim Spielen wirst Du genau die Grenzen des Spiels beachten. Du wirst Ärger und Unterdrückung aufarbeiten und dann offen sein für andere Botschaften, die weder Tod noch Vernichtung beabsichtigen. Es ist wichtig, daß Tod und Vernichtung uns immer als Elemente der Phantasie erscheinen, wie Red Riding Hoods Wolf, den wir sicherlich alle haßten, ohne jedoch deshalb einen irrationalen Haß auf Elsässer zu hegen.
Aber das darf nicht die ganze Geschichte sein, und ich werde es nicht die ganze Geschichte sein lassen. Ich werde Dir nicht erlauben, Deine Colts nur zur Entlastung der Nerven abzufeuern, in spielerischer Reinigung Deiner Urinstinkte, um die *pars construens*, die Kommunikation der Werte, auf später, nach der Katharsis, zu verschieben. Ich will versuchen, Dir Ideen zu vermitteln; während Du Dich schießend hinter dem Lehnstuhl versteckst.
Zuerst will ich Dir beibringen, nicht auf die Indianer zu schießen, sondern auf die Waffenhändler und Schnapsverkäufer, die die Indianerreservate zerstören. Ich will Dir beibringen, auf die Sklavenhalter der Südstaaten zu schießen, zur Unterstützung von Lincoln. Nicht auf die Kannibalen im Kongo zu schießen, sondern auf die Elfenbeinhändler, und in einem schwachen Augenblick möchte ich Dir sogar

ans Herz legen, Dr. Livingstone zu kochen, am besten in einem großen Kessel. Wir werden Araber gegen Lawrence spielen, und wenn wir die alten Römer spielen, werden wir auf der Seite der Gallier sein, die Kelten waren wie wir Piemontesen und um ein vielfaches anständiger als Julius Cäsar, dem Du – Du wirst es bald merken – mit Argwohn begegnen mußt, weil es ganz einfach falsch ist, eine demokratische Gemeinschaft ihrer Freiheit zu berauben und posthum eine Schutthalde zu hinterlassen, Gärten, in denen die Bürger spazierengehen können. Wir stehen an der Seite Sitting Bulls gegen den widerwärtigen General Custer. Und auf der Seite der Boxer natürlich. Helfen Fantomas eher als Juve, der zu sehr ein Sklave der Pflicht ist, als daß er sich weigern würde, einem Algerier eine zu verpassen. Aber jetzt spaße ich: Ich will Dir natürlich beibringen, daß Fantomas ein übler Bursche ist, aber ich werde Dir nicht sagen – um nicht als Komplize der korrupten Baronesse Orczy dazustehen –, daß Scarlet Pimpernel ein Held war. Er war ein schmutziger Vendéer und schuld daran, daß Danton, der gute Kerl, und der unschuldige Robespierre in Schwierigkeiten gerieten, und wenn wir Französische Revolution spielen, wirst Du bei der Erstürmung der Bastille mitmachen.

Das werden gewaltige Spiele sein. Stell Dir das mal vor! Und wir werden sie gemeinsam spielen. Oh, Ihr wolltet uns dazu bringen, Kuchen zu essen, ja? In Ordnung, Santerre, sorgen Sie für Trommelwirbel! Strickerinnen aller Welt, vereinigt Euch und laßt Eure Stricknadeln ihr Schlimmstes verrichten! Heute spielen wir die Enthauptung von Marie Antoinette!

Sie nennen das perverse Pädagogik? Und Sie, mein Herr, Antifaschist praktisch von Geburt an, haben Sie jemals mit Ihrem Sohn Partisan gespielt? Sind Sie jemals hinter das Bett gekrochen, haben so getan, als handle es sich um Langhe Valleys, und haben gerufen: »Paß auf! Die faschistischen schwarzen Brigaden kommen von rechts! Das ist eine Razzia, sie schießen, erwidert das Feuer der Nazis!« Nein, Sie geben Ihrem Sohn Bauklötze und sind so unverfroren, ihn mitzunehmen in einen faschistischen Film, in dem die Ausrottung der eingeborenen Amerikaner verherrlicht wird.

Und deshalb, lieber Stefano, werde ich Dir Schußwaffen schenken. Und ich werde Dich lehren, wie man besonders komplizierte Kriege spielt, in denen die Wahrheit nie eindeutig auf einer Seite liegt. Du wirst in Deinen jungen Jahren eine Menge Energie freisetzen, und Deine Einfälle mögen vielleicht etwas wirr sein, aber allmählich wirst Du Überzeugungen entwickeln. Wenn Du dann groß bist, wirst Du glauben, daß alles ein Märchen war: der kleine Red Riding Hood, Aschenputtel, die Gewehre, die Kanonen, der Zweikampf, die Hexe und die sieben Zwerge, Armeen gegen Armeen. Doch sollten zufällig, wenn Du erwachsen bist, die monströsen Charaktere Deiner kindlichen Träume immer noch hartnäckig bestehen, die Hexen, Trolle, Armeen, Bomben, der obligatorische Militärdienst, dann wirst Du, wenn Du Dir Märchen gegenüber eine kritische Haltung zugelegt hast, vielleicht auch lernen, in der Realität zu leben und ihr kritisch zu begegnen.

Umberto Eco

Oriana Fallaci

AUS: »BRIEF AN EIN NIE GEBORENES KIND«

Wirst Du ein Mann sein oder eine Frau? Ich hätte gerne, daß Du eine Frau bist, mein Kind, weil ich überhaupt nicht mit meiner Mutter übereinstimme, die meint, daß es ein Unglück ist, als Frau auf die Welt zu kommen, und ständig klagt: »Oh, wäre ich doch als Mann geboren worden.« Ja, ich weiß, die Welt, in der wir leben, ist eine Welt von Männern für Männer: Die Vorherrschaft der Männer ist so tief verwurzelt, daß es sich sogar auf die Sprache erstreckt: Wir sagen »men« und meinen damit Männer und Frauen; »man-day« bezeichnet den Werktag eines Mannes oder einer Frau, »man-made« weist auf einen Gegenstand hin, den ein Mann oder eine Frau gefertigt hat, »mankind« bezieht sich auf das gesamte Menschengeschlecht, »man-slaughter« auf das Töten von Menschen. Und in der Legende, die die Männer erfanden, um das Leben zu erklären, ist die erste Kreatur keine Frau. Sie ist ein Mann namens Adam. Eva taucht später auf, um ihn zu unterhalten und ihm Ärger zu machen. Auf den Bildern, die unsere Kirchen schmücken, ist Gott ein alter Mann mit weißem Bart. Nie eine alte Frau mit weißem Haar. Und alle ihre Helden sind Männer: von diesem Prometheus, der das Feuer entdeckte, bis zu Ikarus, der zu fliegen versuchte, und weiter zu Jesus, der als der Sohn von Gottvater und dem Heiligen Geist bezeichnet wird, als sei seine Mutter ein Brutkasten oder eine Amme gewesen. Dennoch oder vielleicht gerade deswegen ist es eine wunderbare Sache, eine Frau zu sein: ein Abenteuer, das einigen Mut erfordert, eine Herausforderung, die nie langweilig wird. Du wirst so viele Dinge in die Hand nehmen müssen, wenn Du als Frau geboren wirst, mein Kind. Als erstes wirst Du kämpfen müssen, um zu zeigen, daß Gott, sollte er existieren, eine alte Frau oder ein schönes Mädchen sein kann. Dann wirst Du kämpfen müssen, um zu zeigen, daß die Sünde nicht in die Welt kam, als Eva den Apfel pflückte: Die Sünde kam vielmehr an jenem Tage, an dem sie eine herrliche Tugend entwickelte, nämlich den Ungehorsam. Schließlich wirst Du kämpfen müssen, um zu beweisen, daß in

Dir eine Intelligenz steckt, die beachtet werden will. Mutter werden ist keine Pflicht, es ist ein Recht unter vielen Rechten. Es wird Dir auf die Nerven gehen, das ständig wiederholen zu müssen. Und oft, fast immer, wirst Du verlieren. Aber wehe Dir, wenn Dich das entmutigt. Vergiß nicht, kämpfen ist viel schöner als gewinnen, reisen ist viel unterhaltsamer als ankommen. Sobald Du ankommst oder gewinnst, überfällt Dich die Leere. Um diese Leere zu überwinden, mußt Du eine neue Reise beginnen, mußt Dir ein neues Ziel stecken, und: Ja, ich hoffe wirklich, daß Du eine Frau wirst.
Aber solltest Du ein Mann werden, macht es mich ebenso glücklich. Und vielleicht sogar noch ein bißchen glücklicher, weil Dir so viele Demütigungen, so viel Knechtschaft, so viele Kränkungen erspart bleiben werden. Du mußt zum Beispiel keine Vergewaltigung auf dunkler Straße befürchten, Du brauchst kein schönes Gesicht, um akzeptiert zu werden, und keinen schönen Körper, in dem Du Deinen Verstand verbirgst. Du wirst Dir nicht anhören müssen, daß die Sünde in die Welt kam, weil Du einen Apfel gepflückt hast. Und Du wirst Dich viel weniger müde fühlen, Du wirst ungehorsam sein dürfen, ohne verschmäht zu werden, wirst Dich verteidigen können, ohne verletzt zu werden. Aber sei

auf der Hut, mein Kind, paß auf: Du wirst andere Unterdrückungen, andere Ungerechtigkeiten ertragen müssen. Auch für einen Mann ist das Leben nicht leicht. Weil Du stärkere Muskeln haben wirst, werden sie von Dir verlangen, schwerere Lasten zu tragen; sie werden Dir schwierigere Aufgaben übertragen. Weil Du einen Bart hast, werden sie über Dich lachen, wenn Du heulst oder Dich nach Zärtlichkeit sehnst. Weil Du einen Schwanz in Deiner Leistengegend hast, einen Penis, werden sie Dir befehlen, im Krieg zu töten und getötet zu werden. Sie werden verlangen, daß Du mitmachst bei der Aufrechterhaltung der männlichen Tyrannei, mit der sie schon in den Höhlen anfingen. Dennoch oder vielleicht gerade deswegen wird es eine wunderbare Sache sein, als Mann zu leben: eine Herausforderung, die Dir niemals langweilig werden wird. Hoffe ich jedenfalls, denn falls Du ein Mann sein wirst, hoffe ich, daß Du der Mann sein wirst, von dem ich immer geträumt habe: freundlich zu den Schwachen, grausam zu den Arroganten, großzügig zu denen, die Dich lieben, erbarmungslos zu denen, die Dich beherrschen, Feind eines jeden, der Dir erzählt, Jesus sei der Sohn eines Vaters und eines Heiligen Geistes und nicht einer Frau, die ihn gebar. Mein liebes Kind, ich versuche Dir zu erklären, daß es für Dein Leben als Mann nichts bedeutet, ob Du in Deiner Leistengegend einen Schwanz, einen Penis, hast. Bedeutsam ist nur, eine Persönlichkeit zu sein. Und das wünsche ich mir vor allem, daß Du eine Persönlichkeit bist. Es ist ein wunderbares Wort, das Wort »Persönlichkeit«, weil es keine Grenzen zieht zwischen den Wörtern »Mann« und »Frau«. Es bezeichnet keine Fronten zwischen denen, die einen Schwanz in ihrer Leistengegend haben, und denen, die keinen haben. Außerdem ist der Faden, der die, die einen Schwanz haben, von denen trennt, die keinen haben, hauchdünn. Herz und Verstand haben kein Geschlecht. Und das Verhalten auch nicht. Denke daran, wenn Du eine Person mit Herz und Verstand werden wirst, werde ich nicht von Dir verlangen, daß Du Dich auf die eine oder andere Weise benimmst, nur weil Du männlich oder weiblich bist. Ich werde Dich nur bitten, das Wunder, geboren zu sein, gut zu nutzen und nie, nie, nie feige zu kapitulieren.

Oriana Fallaci
aus ihrem Buch »Brief an ein nie geborenes Kind«

Marilyn French

BRIEF AN MEIN ENKELKIND

Mein Liebling,

da ich kein Enkelkind habe, wende ich mich an alle Kinder, die heute und in Zukunft geboren werden. Wie wir alle betrittst Du eine Welt, die Du nicht gemacht hast. Wenn Du Glück hast, wird es Deine Familie so einrichten, daß Du viele angenehme und sorglose Jahre verbringst. Hast Du Pech, entdeckst Du wahrscheinlich die Härte der Welt zu einer Zeit, in der Du eigentlich noch zu jung bist, um damit umzugehen. Aber wie auch immer, Du wirst in jungen Jahren Kummer und Verluste erfahren, weil uns das allen so geht.

Üblicherweise schlägt man eine umgängliche Tonart an, wenn man sich an junge Menschen wendet, tut so, als sei das Leben frei von Kummer und Leid, und spricht nur von dem Schönen und Angenehmen. Doch wenn man das macht, steht das Kind vielem von dem, was alle Kinder erleben, hilflos gegenüber. Ich habe es als Kind verabscheut, belogen zu werden, und ich werde Dich nicht belügen. Die Welt draußen kann genauso wie die Welt drinnen in der Familie grausam und hart sein. Jeder von uns sollte imstande sein, das zu erkennen und gleichzeitig die Menschen und Ereignisse und Gegenstände zu schätzen, die die Welt reich und farbig und froh machen. Es ist wichtig, daß man lernt, die Schönheit und den Wert aller menschlichen Geschöpfe, der Tiere und des ganzen Planeten, den wir bewohnen, hochzuhalten.

Zum Leben gehört die Sorge, weil wir sterben und, was schlimmer ist, auch die sterben, die wir lieben. Doch die Menschen machen das Leben härter, als es sein müßte, wegen einer Krankheit, die vor einigen tausend Jahren auf der Welt überhandgenommen hat, einer Krankheit namens Machtanbetung. Diese Krankheit ist erst kürzlich unter diesem Namen diagnostiziert worden. Sie ist so alt, daß sie von vielen Leuten mit Ehrfurcht geachtet und gar nicht als Krankheit, sondern als etwas Gutes betrachtet wird. Die Leute preisen den Lohn, den sie mit sich bringen kann, ganz ähnlich wie in einer alten Geschich-

te der Teufel Wissen und Macht pries, die er für die Seele eines Schülers, Faustus, eintauschen wollte. Die, die die Macht anbeten, betonen die Reichtümer, die Scheu und den Neid anderer Menschen und das Gefühl der eigenen Wichtigkeit, als seien dies die höchsten Güter, die die Welt anzubieten habe. Sie werden Dir erzählen, daß sich alle wertvollen Menschen diese Güter wünschen.
Ich hoffe, daß Du ihnen nicht glaubst. Es gibt wahre Güter auf der Erde, aber die liegen nicht im Bereich der Macht. Es sind das die Güter, die von den Heilern geschätzt werden, den Leuten, die dieser Machtkrankheit ein Ende bereiten wollen. Heilern ist ein Blick in das Gelobte Land gestattet; sie haben die Fähigkeit, fröhlich zu sein und die Freuden des Teilens, der Liebe, der Gemeinschaft und der Freundschaft zu empfinden. Die Kranken sind unfähig, diese Freuden zu spüren, sie haben ihre Seelen aufgegeben. Sie versuchen, das zu sammeln, was die Welt Güter nennt – Geld, Gegenstände und Macht. Sie häufen so viel an, daß sie gar nicht alles nutzen können, was sie haben, und trotzdem versuchen sie, immer mehr anzuhäufen. In ihrer blinden Gier gönnen sie keinem anderen mehr etwas. Sie berauben so viele andere und müssen Männer mit Schußwaffen anheuern oder in Festungen leben, um sich und

ihr Eigentum davor zu schützen, gestohlen zu werden. Sie leben in Angst und Schrecken. Sie können keinem trauen: Sie mißtrauen sogar ihren Vertrauten, mit denen sie sich umgeben. Weil sie der Liebe mißtrauen, leugnen sie sie.

Aber Heiler durchschauen diese falsche Religion, diese Anbetung einer Verlogenheit. Ihnen ist klar, daß die wahren Güter im Leben – sobald den Grundbedürfnissen Genüge getan ist – Freude erzeugen. Heiler finden Arbeiten, die ihnen Vergnügen bereiten und sie befriedigen. Oft hat ihre Arbeit damit zu tun, anderen zu helfen. Heiler haben liebe Freunde, mit denen sie Gemeinsamkeiten pflegen und ihre Kreise durch Liebe erweitern. Sie begegnen dem Leben mit Freude. Wenn sie die Trauer überkommt – was jedem gelegentlich widerfährt –, können sie durch die Umarmungen ihrer geliebten Vertrauten, ihrer Familie und ihrer Freunde getröstet werden.

Heiler können nicht einfach ihr Leben in Freude leben und dabei die Kranken ignorieren. Es wird einige Zeit dauern, diese Krankheit zu heilen, und sie müssen an ihrer Bekämpfung mitwirken. Denn die Erkrankten wollen *alles* besitzen! Sie wollen anderen ihre Grundbedürfnisse streitig machen – Nahrung, Unterkunft, Kleidung, medizinische Versor-

gung, Ausbildung. Sie glauben, daß sie, wenn sie sich aller materiellen Güter der Welt bemächtigen *können*, auch das Recht dazu haben, es zu tun. Sie glauben tatsächlich, daß diejenigen, die sich nicht der Anhäufung von Geld und Macht verschreiben, minderwertige Geschöpfe sind – denn ihrer Meinung nach liegt in angehäufter Macht der Sinn des Lebens. Heiler müssen mit ihnen auf jede erdenkliche Weise kämpfen, damit sie nicht alle Güter der Welt an sich reißen und der Rest der Weltbevölkerung verarmt. Heiler müssen mit ihnen um die Seelen der Kinder kämpfen und um die Leiber der Armen. Heiler können ihnen helfen, ihre Krankheit zu erkennen; sie können ihre Feinde retten; sie können durch die Künste, den Sport oder intellektuelles Training Freude hervorrufen. Egal, welche Richtung sie einschlagen, sie sind zweifach gesegnet: Sie helfen, eine Krankheit zu heilen, und sie bauen sich selbst ein glückliches Leben auf.
So wünsche ich Dir, daß Du die Weisheit und die Gnade erlangst, Dich für ein Leben im Dienste des Heilens und der Freude zu entscheiden.

Marilyn French

Nadine Gordimer

8. Januar 1996

Liebste Pascale,

ich richte diesen Brief an Dich, weil Du mein erstgeborenes Enkelkind und deshalb ein besonderer Anlaß warst und eine neue Phase in meinem Leben einläutetest, obwohl vieles von dem, was ich Dir zu sagen habe, auch für Deine Schwester Paule, Deine Cousine Kate und Deinen Cousin Roland gilt.
Wie auch immer, ich möchte Dir sagen, daß meine Freude, als ich Dich – Du warst etwa zwei Monate alt – zum erstenmal sah, nur der Anfang war von dem Vergnügen und dem Spaß, den mir unsere innige Freundschaft gebracht hat, gewachsen in über 20 Jahren bei unseren gegenseitigen Besuchen im Haus Deiner Eltern in Frankreich und bei mir in Südafrika, von Oma und junger Frau.

Ich tauge nicht recht dazu, gute Ratschläge zu erteilen, wie man leben soll. Ich habe meine Fehler gemacht, und Du wirst die Deinen machen, egal, was man Dir zu tun rät oder Dich warnt, nicht zu tun, denn die spezifischen Umstände eines jeden Lebens sowie Zeit und Ort verlangen verschiedene Antworten. Ich kann nur inständig für Dich hoffen, daß Du Dein Leben in einer Gesellschaft ohne innere Streitigkeiten, politische oder religiöse Intoleranz und in einer Welt ohne Kriege leben kannst. Das ist natürlich zuviel verlangt, leider, denn wirft man einen Blick auf dieses Jahrhundert, dann stellt man fest, daß immer irgendwo Kriege stattfinden. Aus eigenstem Interesse möchte ich Dir wünschen, daß sie Dir nicht gefährlich werden mögen, aber auch, daß Du Verständnis zeigen und es zu Deiner individuellen Verantwortung machen solltest, Dir über die Ursachen des Konflikts Klarheit zu verschaffen und alle Mittel einzusetzen, die dem Frieden förderlich sein können. Du wirst vielleicht sagen: Was vermag schon ein einzelner angesichts der Mächte, die für uns die internationalen Entscheidungen treffen? Tolerant sein in Deinen Beziehungen zu Hause und mit Deinen Freunden und Arbeitskollegen, tolerant sein, was die Unterschiede in Deiner eigenen Gemeinschaft betrifft, erkennen, daß wir alle verwund-

bare Menschen sind, denen vieles unter die Haut geht, wobei es keine Rolle spielt, welche Farbe diese Haut hat, und daß wir alle ein Leben in Würde führen wollen, das auf denselben Bedürfnissen – materiell wie emotional – basiert: Eben das ist das Fundament der Toleranz, die den Frieden in unserer Welt schaffen könnte.
Du wirst in einem neuen Jahrhundert heranreifen. Ich wünsche Dir, daß Du den Lohn und die Befriedigung in der Arbeit finden mögest, in der Du Dein Bestes geben und Dich wohl fühlen kannst; daß Dein heiter strahlender Enthusiasmus für neue Erfahrungen und neue Ansichten Deinen Geist nie im Stich lassen möge und daß Du lieben und geliebt werden wirst. *Hamba kahle*, wie wir hier in Südafrika sagen, lebe wohl.

In Liebe

Deine Oma
Nadine Gordimer

Václav Havel

WELTGIPFEL FÜR KINDER DER VEREINTEN NATIONEN

New York,
30. September 1990

Herr Vorsitzender,
meine sehr verehrten Damen und Herren,

tausendmal habe ich in den vergangenen Jahrzehnten in meinem Land Rücken gesehen, die sich angeblich im Interesse von Kindern beugten. Tausendmal habe ich Menschen ihre Knechtschaft in einem verhaßten Regime mit dem Argument verteidigen hören, daß sie das nur um ihrer Kinder willen täten: Nur so könnten sie sie ernähren, ihnen ein Studium ermöglichen, sich Ferien am Meer mit ihnen leisten. Tausendmal haben mir sowohl Bekannte wie Fremde versichert, daß sie mit dem Herzen, mit dem Verstand und mir der Seele voll auf unserer Seite stünden, also auf der Seite der sogenannten Dissidenten, aber daß sie verschiedene schriftliche Kampagnen, die von der totalitären Regierung gegen uns gerichtet und organisiert waren, nur aus dem Grund unterschrieben, weil sie Kinder hätten und sich deshalb nicht den Luxus des Widerstandes leisten könnten. Unmoral wurde im Namen der Kinder verübt, und das Böse geschah angeblich zu ihrem Besten.

Aber ich habe noch größere Perversitäten gesehen, wenn auch nur im Kino und im Fernsehen. Ich sah Hitler, wie er freundlich den fanatischen kleinen Mädchen der Hitlerjugend zuwinkte, ich sah den Massenmörder Stalin, wie er ein Kind küßte, das das rote Halstuch der kommunistischen Jugendorganisation trug, ein Kind, dessen Eltern wie so viele andere in Gulags endeten; ich sah Gottwald, den Stalin der Tschechoslowakei, mit jungen Grubenarbeitern scherzen, die den Sozialismus aufbauten und später zu Krüppeln wurden; ich sah den irakischen Präsidenten Hussein, wie er den Kindern seiner Geiseln den Kopf tätschelte, Geiseln, von denen er jetzt sagt, er habe vor, sie erschießen zu lassen.

Ich weiß und habe es selbst erlebt, wie in der Tschechoslowakei Tausende von Menschen in kommunistischen Konzentrationslagern litten, wie Hunderte von ihnen hingerichtet oder zu Tode gefoltert wur-

den, und das alles für das falsche Glück von Generationen noch Ungeborener in irgendeinem falschen Paradies. Wieviel Böses ist schon im Namen von Kindern begangen worden!
Ich habe aber auch etwas völlig anderes erlebt, sowohl erst kürzlich wie auch vor einigen Monaten, vor einem, vor zwei Jahren. Ich habe eine wunderschöne Revolte von Kindern erlebt, gegen die Lüge, der sich ihre Eltern schuldig machten, angeblich im Interesse ebendieser Kinder. Unsere antitotalitäre Revolution war – jedenfalls zu Beginn – eine Revolution der Kinder. Es waren Hochschulstudenten und Lehrlinge, Heranwachsende, die in den Straßen marschierten. Sie marschierten, als ihre Eltern noch Angst hatten. Angst vor ihren Kindern und vor sich selbst. Sie sperrten ihre Kinder zu Hause ein, hielten sie an den Wochenenden von den Straßen der Stadt fern. Dann fingen sie an, zusammen mit ihnen auf den Straßen zu marschieren. Zuerst aus Angst um ihre Kinder, später, weil sie von deren Begeisterung angesteckt wurden. Die Kinder weckten in ihren Eltern deren besseres Ich. Sie machten ihnen ihre Lüge bewußt und brachten sie dazu, sich auf die Seite der Wahrheit zu schlagen.
Und wie stand es mit den Kindern der Dissidenten? Obwohl sie nicht studieren konnten und den Haus-

arrest und die Schikanen ihrer Eltern ertragen mußten, verzichteten die Kinder darauf sie anzuprangern und erwiesen ihnen Respekt. Sie waren mehr daran interessiert, ein moralisches Vorbild zu geben, als an der Chance, sich einem gebeugten Rücken überlegen fühlen zu können.

Die Kinder in unserem Land haben den Beweis dafür erbracht, daß diejenige Ideologie falsch ist, die die Wahrheit im angeblichen Interesse der Kinder opfert. Sie revoltierten gegen die Eltern, die diese Ideologie vertraten, sie schlossen sich den wenigen an, die von Anfang an davon überzeugt gewesen waren, daß sie ihren Kindern am besten damit dienen würden, wenn sie sich nicht um Entschuldigungen und Lügen bemühten, sondern lieber mit der Wahrheit lebten und so ihren Kindern mit gutem Beispiel vorangingen.

Die internationale Gemeinschaft hat etwas Ungeheueres erreicht. Die meisten Länder der Welt sind innerhalb weniger Monate einer außergewöhnlich guten, präzisen und umfassenden internationalen Übereinkunft zum Schutz der Kinder beigetreten. Ich freue mich wie wir alle über das Erreichte und bin stolz, daß ich die Ehre hatte, diese Übereinkunft heute morgen im Namen meines Landes unterzeichnen zu dürfen.

Gleichzeitig glaube ich jedoch, daß diese Übereinkunft – oder jedes andere denkbare internationale Dokument – die Kinder nicht vor einem Pseudoschutz bewahren kann, daß also die Eltern mehr Böses im Namen und im Interesse der Kinder verüben – sei es in gutem Glauben, aus Selbsttäuschung oder als bewußte Lüge – und daß sich die Eltern selbst mehr schaden, als sie den Kindern schaden können. Wie bei jedem Gesetz kann auch dieses nur wirklich Sinn und Bedeutung erlangen, wenn es begleitet wird von echter moralischer Selbsteinsicht, womit ich die Selbsteinsicht der Eltern meine.

Die kann man nicht in ein Gesetz fassen. Wenn es jedoch möglich wäre, würde ich der Übereinkunft, die ich heute morgen unterschrieben habe, noch einen anderen Paragraphen hinzufügen. Dieser Paragraph würde lauten, daß es Eltern und Erwachsenen generell verboten ist, im Namen und im angeblichen Interesse von Kindern zu lügen, einer Diktatur zu dienen, zu denunzieren, den Rücken zu beugen, vor Tyrannen Angst zu haben und seine Freunde und Ideale zu verraten. Und daß es allen Mördern und Diktatoren verboten ist, Kindern den Kopf zu tätscheln.

Václav Havel

Thor Heyerdahl

BRIEF AN MEINE ENKELKINDER

Teneriffa,
4. November 1995

Meine lieben Enkelkinder,

ich sende Euch diesen Brief normal frankiert auf dem Postweg, damit Ihr ihn für Eure Kinder aufbewahren könnt als Andenken an eine Zeit, in der man noch Tinte und Umschläge mit Briefmarken benutzte und handgeschriebene Botschaften mit der Post verschickte, die ein Postbote dann an der Haustür abgab. Wir erfanden das Telefax und CD-ROMs, Ihr erfindet vielleicht einen elektronischen Zeit-und-Raum-Eliminator, also übertragt bitte meine Ratschläge auf ein System, das Eure Kinder verstehen können, ehe man das Lesen und Schreiben vergißt.
Mein Testament an meine Erben besteht aus einigen Ratschlägen.

Kümmert Euch um das, was von der Natur übrig ist. Haltet die grüne Umwelt und die mächtige Geisterwelt, die hinter ihr steht und alles Leben hervorbrachte, in Ehren. Unsere Generation hat das versäumt.
Vergebt uns den Raubbau, den wir an den Wäldern getrieben haben. Und daß wir die Meere verschmutzt haben. Und die Löcher, die wir in die Ozonschichten gerissen haben. Unsere Eltern haben uns in ihrem Unwissen dazu angehalten, für den Fortschritt zu kämpfen. Wir verstanden das Wort falsch. Wir dachten, Fortschritt bedeute, die Natur zu bekämpfen. Die Menschheit befreien von den Fesseln der Vergangenheit. Unseren Nachkommen ein besseres Leben in einer von Menschen gemachten Welt ermöglichen.
Die Kirchen, die Synagogen und die Moscheen erzählten uns, die Natur sei von Gott erschaffen, der an seinem siebten Tag stolz über seine Arbeit ausruhte. Doch ein Tag für Gott bedeutet tausend Tage für den Menschen. Und Darwin erschreckte uns mit dem Bild eines Affenmenschen, der hinter uns steht.
Verwirrt wurden wir gegen alles tätlich, was wir als Wildnis ansahen. Mit Bulldozern und Spraydosen erklärten wir unserer Umwelt den totalen Krieg.

Und wir ruhten am siebten Tag, wie Gott befahl. Nicht am siebten Tag Gottes, sondern am siebten Tag des Menschen. Für Christen sind das die Sonntage, für die Juden die Samstage und für die Moslems die Freitage. Die übrigen Wochentage und Jahre, die Jahrtausende für den Menschen, bauten wir Stadtmauern zwischen uns und unsere ursprüngliche Umgebung, unsere natürliche Umgebung, die uns Darwin zufolge hervorgebracht und ernährt hat. Die uns von ihrem Schöpfer geschenkt wurde, wenn wir zu denen gehören, die an Gott glauben. Wir haben unsere Horizonte mit Stadtmauern verengt und unseren Blick auf die Himmelskörper mit Neonlichtern verblendet.

Wir haben tote Dinge verehrt. Gold und Roboter. Ihr müßt den Geist des Lebens in allem, was wächst und sich bewegt, verehren.

Wir dachten, Fortschritt bedeute bessere Waffen, um bei unseren Feinden den Frieden zu erzwingen, wie wir es selbst ausdrückten. Aber die Erfahrung hat uns gelehrt, daß es keine Rolle spielt, ob man Pfeil und Bogen oder Atombomben erfindet, der Feind kopiert unsere Waffen und richtet sie gegen uns. Wir haben Maschinen gebaut, um die Arbeiter von der schweren Arbeit zu befreien, aber die Maschinen übernahmen die Industrie und schickten

die Arbeiter ohne Beschäftigung auf die Straße. Wir haben Computer und Hunderte von genialen Tricks erfunden, um Zeit zu sparen, und verbringen die Zeit, die wir damit einsparen, um die Rechnungen dafür zu bezahlen. So sind wir am Ende gestreßter und verwirrter als jede andere Generation vor uns.
Wir haben auf die Eingeborenenvölker heruntergeschaut. Sie glauben, daß es etwas Natürliches und doch über dem Menschen Stehendes gibt, das die bunten Blumen aus der schwarzen Erde treibt, das die Entfaltung der zarten Blätter unter der trockenen Rinde bewirkt. Eingeborenenstämme hatten kein Mikroskop, wie wir es haben, um die Chromosomen und Gene zu sehen, die dazu programmiert sind, den Gesetzen der Natur zu folgen. Ihr, meine Erben, versucht wie sie, hinter das zu blicken, was wir mit den Augen sehen.
Wie wir heute, so mögt Ihr Euch einmal wundern, warum Ihr geboren wurdet und worin wohl der Zweck des Lebens besteht. Wir dachten, es ginge darum, die uns umgebende Welt umzubauen, und haben das versucht. Ihr habt vielleicht mehr Erfolg, wenn Ihr versucht, die Welt in Euch zu ordnen und zu reparieren. Das ewige und unbegrenzte Universum befindet sich in uns. Auf der blinden Seite unserer Augen.

Vergebt uns und unseren Eltern, daß wir nicht verstanden haben, wie gut Darwins Theorie der Schöpfung durch Evolution der Chronologie folgt, wie sie von den Weisen der Antike in Menschentage eingeteilt wurde, als man die Parabel der Genesis schrieb. Lest nach eigener Wahl eine Version und Ihr werdet verstehen, daß alles, was geht und fliegt, nach dem kommt, was kriecht und schwimmt, und daß alle Kreaturen Mitglieder unserer ausgedehnten Familie sind.

Und so bewegt sich auch alles, was weder sehen noch hören kann und mit der Wurzel in die Erde gesteckt wurde, so langsam aufwärts, daß wir es nicht sehen können und meinen, es sei regungslos und tot, obwohl es sich von Tag zu Tag verändert. Alles Leben auf diesem Planeten – wie das Leben der menschlichen Spezies – ist mit uns verwandt. Denn wir haben alle das Leben von unseren gemeinsamen Vorfahren geerbt, dem einzelligen Plankton, mit dem die Evolution jeglichen Lebens auf der Erde begann. Alles Leben hat einen einzigen Ursprung. Einen gemeinsamen Anfang, ins Werk gesetzt entweder durch eine übernatürliche Schöpfung oder durch natürliche Evolution. Wobei auch die Evolution, bevor sie begann, einen Input gehabt haben muß, etwas Schöpferisches, was sie in einer vernünftigen Richtung lenkte. Wenn die Natur ihre eigene Evolution kreierte, hat sie als etwas uns Überlegenes unsere Achtung und unsere Verehrung verdient. Wenn in allem Leben, das aus einem sterilen Meer und einer jungfräulichen Erde keimte, ein göttlicher Geist waltet, dann achtet und ehrt sein Werk, das Eure Umwelt ist, und huldigt Eurem Gott mit dem Namen, der Eurem Glauben und Eurer Sprache entspricht.

Thor Heyerdahl

Doris Lessing

23. Februar 1996

Liebe Liv Ullmann,

ich habe ein Problem: Ich habe *zwei* Enkelkinder ... Es gibt heutzutage eine ganze Reihe möglicher Katastrophen, die der Menschheit bevorstehen, und wir kennen alle die Probleme der Umweltverschmutzung, der Erderosion, der Vergiftung der Meere, des Rückgangs der Wälder, der Radioaktivität und so weiter.

In dieser Woche hat unsere Liste dieser Übel eine neue und häßliche Erweiterung bekommen. Wir haben gelesen, daß die Wissenschaftler meinen, der Golfstrom könne schwächer werden. Das könnte der Anfang von etwas Schlimmerem sein. Ihre Untersuchungen in Eiskernen zeigen, daß so drastische Klimaänderungen wie die, die Eiszeiten einleiten oder beenden, nicht langsam und fast unmerklich vor sich gehen, sondern relativ plötzlich eintreten können, innerhalb von etwa zehn Jahren. Das heißt, daß alle unsere Zivilisationen, das Produkt unserer bewußten Geschichte – die Ereignisse der letzten 10 000 Jahre also – das Resultat eines recht ungewöhnlichen Weltklimas sind. Und daß alles, auf das wir uns verlassen, verschwinden kann – sehr schnell und sehr bald. *Kann* – wir wissen es nicht. Die Menschheit versteht es meisterhaft, mit Katastrophen und plötzlichen Veränderungen umzugehen – wir haben Epidemien, grausame Kriege, Klimaänderungen, Hungersnöte, Überschwemmungen, Feuersbrünste und Völkermorde überlebt. Und jetzt werden – möglicherweise – alle unsere Qualitäten auf die ultimative Probe gestellt. Und ich glaube fest an Euch und Eure Generation.

Doris Lessing

Astrid Lindgren
Susi Unverzagt

Ich wünschte, Ihr könntet das Haus sehen, in dem Susi Unverzagt wohnte! Es war so hübsch und putzig, und man konnte fast meinen, es sei eine Art Hexenhäuschen aus dem Märchen, bewohnt von Zwergen und Elfen. Das Haus stand im ärmsten Teil der Stadt in einer engen, steilen Straße mit Kopfsteinpflaster. Es war wirklich eine ärmliche Gegend, und kein Haus in der Straße war so vornehm wie das von Susi Unverzagt.
Susi Unverzagts Haus! Was sage ich? Natürlich war es nicht Susi, der das Haus gehörte; es war Großmama, Großmama, die die Polkagrisar machte und dann samstags auf dem Markt verkaufte. Was Polkagrisar sind? Das sind diese Pfefferminzstangen zum Lutschen mit den roten und weißen Streifen. Sehr gut, übrigens! Und Polkagrisar werden sie in Schwe-

den genannt, wo Susi lebte. Wie ich also vorher schon gesagt habe, gehörte das Haus eigentlich Großmama. Aber ich nenne es trotzdem Susi Unverzagts Haus.

Susi saß gewöhnlich auf den Stufen vor dem Eingang, wenn man an dem Haus vorbeiging. Sie hatte die braunsten und fröhlichsten Augen und die rötesten Backen, die man je an einem Kind gesehen hat, und sie schaute so – wie soll ich es ausdrücken? – so unverzagt. Ja, das war es, »unverzagt«! Und genau deshalb hatte sich ihre Großmutter angewöhnt, sie »Susi Unverzagt« zu nennen. Großmama sagte, daß Susi Unverzagt schon so unverzagt guckte, als sie drei Monate alt war und in einem Korb lag, den irgendwer mit einem Zettel bei Großmama ablieferte, auf dem stand, sie müsse sich um das Kind kümmern, »weil es sonst niemand tut«.

Oh, wie gemütlich es war, das kleine Haus! Zwei schmale Fenster, die auf die Straße hinausgingen, und hinter ihnen könntet Ihr oft eine Stupsnase und zwei fröhliche braune Augen erblicken. Hinter dem Haus, gut versteckt durch einen hohen, grünen Zaun, lag ein kleiner Garten, wenn man das überhaupt als Garten bezeichnen kann; das Ganze bestand aus nicht viel mehr als einem Kirschbaum und einigen Stachelbeerbüschen. Na ja, ein winziges

Fleckchen grünes Gras gab es schon auch. Und da saßen Großmama und Susi gerne und tranken an einem schönen Tag in der Frühlingssonne ihren Kaffee. Eigentlich war es Großmama, die den Kaffee trank. Susi ließ nur den Zucker in Großmamas Kaffee plumpsen. Und dann warf sie den Spatzen, die auf dem Gartenweg gleich bei den Schneeglöckchen herumtollten, Brotkrumen zu. Nach Susis Ansicht war Omas Haus groß genug, obwohl es so klein war. Abends, wenn sie sich in ihr Bett auf der Küchenbank legte, während Großmama noch am Tisch saß und Papier für ihre Lutscher zuschnitt, betete sie immer mit lauter und klarer Stimme:

»Ein Engel mit zwei Kerzen hell,
geht rund um unser Haus ganz sacht,
hält in der Hand ein großes Buch,
ich schließ die Augen, gute Nacht.«

Susi war sehr froh über den Engel, der nachts um ihr Haus ging. Das war irgendwie ein beruhigendes Gefühl. Sie zerbrach sich nur ein bißchen den Kopf darüber, wie er es schaffte, all diese Dinge zu tragen: zwei helle Kerzen und ein Buch. Sie hätte zu gern gesehen, wie er das anstellte – und wie er wohl über den Zaun kam? Vielleicht würde es ihr eines Tages gelingen, einen Blick auf den Engel zu erhaschen. Bis jetzt hatte sie damit kein Glück

gehabt. Er ging offenbar um das Haus, während Susi schlief.
Als das, was ich Euch jetzt erzählen will, passierte, war Susi noch keine sieben Jahre alt. Was damals geschah, war eigentlich nichts Besonderes. Großmama rutschte in der Küche aus und verletzte sich das Bein. Mehr war nicht, und solche Dinge passieren jeden Tag; aber stellt Euch vor, es war gerade eine Woche vor Weihnachten! Man braucht bloß an all die Pfefferminz-Polkagrisar zu denken, die auf dem großen Weihnachtsmarkt verkauft werden mußten. Wer würde das jetzt machen, wo Großmama ans Bett gefesselt war und ihr Bein nicht bewegen konnte, ohne daß sie laut aufschreien mußte? Wer würde den Weihnachtsschinken kochen und die Weihnachtsgeschenke kaufen und sich um all die Weihnachtsvorbereitungen im Haus kümmern?
»Ich mach' das!« sagte Susi, und ich habe Euch ja schon gesagt, wie unverzagt dieses Mädchen war.
»Oje, oje, oje«, sagte Großmama von ihrem Bett her. »Mein liebes Kind, das kannst du nicht. Wir müssen Frau Larsson fragen, ob sie dich an Weihnachten nimmt, und dann müssen wir uns erkundigen, ob ich ins Krankenhaus kann.« Da guckte Susi noch unverzagter als sonst. Sie sollte bei den Larssons bleiben? Und Großmama sollte ins Kranken-

haus? Feierten nicht Großmama und Susi wie all die andern Jahre gemeinsam Weihnachten? O ja, das stand ein für allemal fest! sagte Susi – fast sieben und mit den braunsten und fröhlichsten Augen der Welt.
Und dann stürzte sie sich auf den weihnachtlichen Hausputz. Zuerst mußte sie Großmama fragen: »Wie geht das mit dem weihnachtlichen Hausputz?« Susi hatte nur eine vage Vorstellung, daß dabei das ganze Haus auf den Kopf gestellt wurde und die Möbel und alles in einem völlig trostlosen Durcheinander herumstanden. Dann kam alles wieder an seinen Platz – und dann war Weihnachten.
Großmama sagte, sie müßten es in diesem Jahr nicht so genau nehmen. »Wir lassen einfach das Fensterputzen weg.« Aber davon wollte Susi nichts hören. Man konnte doch wirklich nicht Weihnachten feiern ohne saubere Vorhänge. Und man konnte schließlich keine frischen Vorhänge aufhängen, wenn die Fenster schmutzig waren.
Frau Larsson kam rüber und half ein bißchen – das machte sie schon. Sie schrubbte die Böden in der kleinen Küche und in dem kleinen Zimmer; mehr Räume hatten sie nicht. Sie putzte auch die Fenster. Aber davon abgesehen machte Susi alles selbst. Ihr hättet sie sehen sollen, wie sie geschäftig hin und

her rannte, mit einem Tuch um den Kopf geschlungen und einem Lappen in der Hand. Sie sah unverzagter aus als je zuvor. Sie hängte die sauberen Vorhänge auf. Sie verteilte die abgetretenen Vorleger auf dem Küchenboden und staubte alle Möbel ab. Und mittendrin mußte sie für Großmama Kaffee kochen und Würstchen braten und Kartoffeln kochen. Sie mußte ganz allein den Ofen anzünden. Zum Glück war es ein guter Ofen. Susi fütterte ihn, zündete Holz und zusammengeknülltes Zeitungspapier an und blies, und dann horchte sie gespannt, bis es zu knistern anfing. Ja, da war es, das Knistern! Großmama bekam ihren Kaffee, und sie wiegte ihren Kopf und sagte: »Gesegnet seist du, mein liebes Kind, was würde ich bloß ohne dich anfangen?«
Und Susi saß mit einem großen, schwarzen Rußfleck auf der Nase auf der Bettkante, ließ Zuckerstücke in Großmamas Kaffee plumpsen und ging wieder an ihre Putzarbeit.
Aber was nun mit den Zuckerstangen, die schon fertig gekocht und zum Verkauf am Markt vorbereitet waren? Wer sollte das machen? Susi Unverzagt und niemand sonst – auch wenn Susi nicht genau wußte, wie man rechnete oder wie man die Lutscher auf kleinen Waagen abwog, was Großmama an ihrem Süßigkeitenstand gewöhnlich machte. Aber Susi

wußte, wie ein 50-Öre-Stück aussah – ganz bestimmt. Großmama mußte sich im Bett aufsetzen und Polkagrisar in Tüten abwiegen. Hundert Gramm pro Tüte. Und jede Tüte für 50 Öre.
Der Weihnachtsmarkt fand drei Tage vor Weihnachten statt. An jenem Morgen stand Susi früh auf und brachte Großmama das Frühstück ans Bett.
»Mein liebes Kind!« sagte Großmama. »Es ist so kalt. Du wirst dir die Nase erfrieren.«
Susi lachte nur. Sie war schon bereit für ihr großes Polkagris-Abenteuer. Und wie sie sich eingewickelt hatte! Zwei dicke Pullover unter der Jacke und ihre Mütze weit über die Ohren gezogen und einen Wollschal um den Hals und große rote Fäustlinge, und dann Großmamas riesige aus Binsen geflochtene Schuhe, um die Zehen vor dem Erfrieren zu schützen – und am Arm der mit Polkagrisar gefüllte Korb.
»Wiedersehen, Großmama«, sagte Susi und lief hinaus in die winterliche Dunkelheit. Auf den Straßen waren schon viele Leute unterwegs. Na, das möchte ich wohl meinen – schließlich war es der Tag des Weihnachtsmarktes! Es war bitterkalt. Der Schnee knirschte unter Großmamas Binsenschuhen, als Susi Richtung Marktplatz marschierte. Doch bald begann sich der Himmel im Osten zu färben. Es sah aus, als würde es ein schöner Tag werden. Herr Lars-

son war so nett gewesen, Großmamas Stand an der üblichen Stelle auf dem Marktplatz aufzustellen. Susis einzige Aufgabe bestand also darin, die Polkagrisar in ordentlichen Reihen hinzulegen. Die anderen Marktfrauen starrten sie an.

»Hat denn Mathilda völlig den Verstand verloren?! Sie kann doch nicht das Kind an ihren Stand stellen!« sagten sie.

»Genau das hat sie aber getan«, sagte Susi Unverzagt. Ihr Atem dampfte wie Rauch vor dem Mund, und ihre braunen Augen blitzten vor Eifer, als sie ihre Süßigkeiten bereitlegte. »Wenn das nicht die allerkleinste Marktverkäuferin ist, die ich je gesehen habe«, sagte der Bürgermeister, als er auf dem Weg zum Rathaus vorbeiging. Und dann kaufte er zwei Tütchen Polkagrisar und reichte Susi ein glänzendes Ein-Krone-Stück.

»O nein«, sagte Susi. »Ich brauche zwei Münzen. Zwei 50-Öre-Münzen bekomme ich.«

Der Bürgermeister lachte und fischte zwei 50-Öre-Münzen heraus. »Hier hast du«, sagte er. »Und die Krone kannst du auch behalten, du kleiner Frechdachs!«

Aber das wollte Susi nicht. »Nein, ich bekomme zweimal 50 Öre«, sagte sie. »Eine Münze für jedes Tütchen. So hat es Großmama gesagt.«

Susis Stand hatte viele Kunden. Jeder wollte bei der allerkleinsten Marktverkäuferin einkaufen. Außerdem waren Großmamas Polkagrisar die besten in der Stadt, rot und weiß und süß und köstlich. Susi hatte ein Zigarrenkistchen für das Geld, und immer mehr Münzen häuften sich darin. Aber nur 50-Öre-Stücke. Susi nahm keine anderen an.

Die anderen Marktfrauen wurden allmählich etwas neidisch, als sie sahen, was für ein tolles Geschäft Susi machte. Susi selbst war so glücklich und aufgeregt, daß sie sich gar nicht mehr stillhalten konnte. Oh, sie würde einen großen Handel aufziehen. Sie würde Millionen Süßigkeiten kochen und jeden Tag damit auf den Marktplatz gehen!

Großmama lag zu Hause in ihrem Bett und schlummerte gerade ein wenig, als Susi hereinstürzte und den Inhalt des Zigarrenkistchens auf die Bettdecke leerte. Und der Korb war leer – keine einzige Zuckerstange war übriggeblieben.

»Gesegnet seist du, mein liebes Kind«, sagte Großmama wie gewohnt. »Was würde ich bloß ohne dich anfangen?«

Aber wie sollte das jetzt mit den Weihnachtsgeschenken gehen? Großmama hatte ja nichts im voraus kaufen können. Sie hatte gedacht, bis nach dem Weihnachtsmarkt zu warten, weil sie doch vorher

kein Geld hatten. Und jetzt lag sie hier und konnte sich nicht bewegen. Dabei war Susi ganz verrückt nach einer Puppe – nicht irgendeiner Puppe. O nein, bei Söderlunds in der Kirchenstraße gab es die wunderschönste Puppe der Welt. Großmama und Susi hatten sie schon mehrmals angeschaut, und Großmama hatte Fräulein Söderlund insgeheim gebeten, die Puppe bis nach dem Weihnachtsmarkt aufzuheben. Die Puppe trug ein Spitzenkleid, konnte die Augen öffnen und schließen und war alles in allem die schönste Puppe, die man für Geld kaufen konnte.
Doch nun konnte Großmama schlecht Susi losschicken, damit sie sich ihr eigenes Weihnachtsgeschenk kaufte, oder? O doch, was sonst? Und was hatten sie für einen schlauen Plan ausgeheckt, Großmama und Susi. Großmama schrieb einen Zettel an Fräulein Söderlund – eine geheime Botschaft. »Geheim!« stand darauf. Das war vielleicht gar nicht nötig, weil Susi sowieso nicht lesen konnte. Mit diesem Zettel in der Hand lief Susi zu Söderlunds. Fräulein Söderlund las den Zettel lange und genau. Und dann mußte Susi in ein Hinterzimmer des Geschäfts gehen, wo diese komischen Gerüche waren. Nachdem sie dort ein Weilchen gesessen hatte, kam Fräulein Söderlund herein, gab ihr ein

großes Paket und sagte: »Damit gehst du jetzt schnurstracks heim zu Großmama – und paß auf, daß du das Paket nicht fallen läßt!«

O nein, Susi ließ das Paket nicht fallen. Sie schüttelte es nur ein bißchen. Sie hoffte, daß es die Puppe war, aber was wirklich drinnen war, konnte man nicht feststellen. Susi kaufte auch für Großmama ein Geschenk; ein hübsches Paar gestrickte Handschuhe, wie sie sich Großmama schon lange gewünscht hatte.

Und sollte jemand glauben, daß es für Susi Unverzagt und die Großmama sicher kein Weihnachten gab, dann rate ich ihm, an Heiligabend durch eines der schmalen Fenster zu spähen. Da könnte er die frischen Vorhänge sehen, die Vorleger auf dem Boden und den Weihnachtsbaum gleich neben Großmamas Bett. Susi hatte ihn selbst auf dem Markt gekauft und ihn mit Kerzen und Flaggen und Äpfeln und Polkagrisar geschmückt. Er würde auch sehen, wie Susi auf dem Bettrand bei Großmama saß, die Weihnachtsgeschenke auf der Bettdecke, und wie ihre Augen strahlten, als sie das Paket öffnete und die Puppe sah. Vielleicht strahlten sie noch heller, als Großmama ihr Geschenk öffnete.

Und auf dem großen runden Tisch brannten Kerzen in roten Kerzenständern, und da stand das große

Weihnachtsessen, das Susi gekocht hatte – auch wenn Großmama natürlich gesagt hatte, wie man es macht. Und Susi sang viele Weihnachtslieder für Großmama, und Großmama wiegte ihren Kopf und sagte: »Oh, welch wunderschöne, gesegnete Weihnacht!«

Als Susi schließlich unter die Decke in ihrem Küchenbankbett kroch, war sie so müde, daß sie nichts anderes wollte, als auf der Stelle schlafen. Sie verhaspelte sich bei ihrem Gebet an der Stelle, wo der Engel nachts sachte ums Haus ging. Da warf sie einen raschen Blick durchs Fenster in den Garten. Draußen schneite es. Alles war vollkommen weiß.

»Du, Großmama!« rief Susi. »Hast du gewußt, daß der ganze Garten voller Engel ist?«

Nun lag zwar Großmama in dem Zimmer, dessen Fenster zur Straße zeigten, aber sie wiegte ihren Kopf und sagte: »Ja, ja, der ganze Garten ist voller Engel.«

Eine Minute später war Susi Unverzagt eingeschlafen.

Astrid Lindgren

Nelson Mandela

Rede auf dem Treffen bedeutender Persönlichkeiten zur Studie über die Auswirkungen bewaffneter Konflikte auf Kinder (Auszüge)

29. Januar 1996

Wenn man von Kindern spricht, werden sehr oft Vorstellungen von Glück, Ausgelassenheit, Idealismus, Wißbegier und Unschuld beschworen.

Sogar bei den einfachsten Tieren wirken die Grundinstinkte so, daß sie ihre Jungen wie ihren Augapfel beschützen.

Doch die Ironie unserer Zeit, in der die Errungenschaften der Wissenschaft die Menschheit zu einer bislang unvorstellbaren Breite und Tiefe an Kultur gebracht haben, die Ironie besteht darin, daß wir diesen Grundinstinkt im Leben erwecken müssen, um Normalität und Rationalität in unserem Verhalten zu erreichen. Es ist an der Zeit – mehr noch, es ist überfällig –, daß die Menschheit alle verfügbaren Ressourcen mobilisiert, um Kinder zu schützen und

sicherzustellen, daß sie ein normales, gesundes und glückliches Leben führen können.
Als Südafrikaner sind wir stolz darauf, daß wir einen bescheidenen Beitrag zu der Studie leisten durften, indem wir wenigstens das Sekretariat in unserem Land beherbergen konnten. Wir haben uns in den vergangenen Monaten darum bemüht, die Privatwirtschaft zur Unterstützung der erforderlichen Ressourcen zu ermutigen; und wir hoffen, daß in dieser Hinsicht ein gewisser Fortschritt erzielt worden ist.
Vor vielen Jahren hat die Generalversammlung der Vereinten Nationen die Konvention über die Rechte des Kindes angenommen. Wenn wir gewöhnlich unsere Erfolge abschätzen oder beurteilen, wie mit diesem Ideal verfahren wird, denken wir an die demokratischen Rechte des Landes als Ganzes; an seine sozioökonomischen Probleme und deren Auswirkungen auf die Kinder sowie an spezielle Gesichtspunkte wie Gesundheit, Erziehung, Erholung und so weiter. Das sind im einzelnen sehr kritische Aspekte, bei denen es in vielen Ländern um Leben und Tod geht.
Es ist jedenfalls äußerst deprimierend, wenn man weiß, daß:
– im letzten Jahrzehnt zwei Millionen Kinder bei bewaffneten Konflikten getötet wurden;

– über vier Millionen Kinder zu Invaliden wurden;
– zwölf Millionen heimatlos wurden;
– zehn Millionen psychische Traumata davontrugen.

Für all diese und viele andere Kinder ist es mehr als nur eine schwache Wirtschaft oder das Fehlen von Demokratie, was ihr Leben zerstört. Es ist vielmehr die Torheit einer erwachsenen Bevölkerung, die jeden Anspruch auf Vernunft aufgegeben hat, wodurch es im Falle von bewaffneten Konflikten die Schwachen und Unschuldigen trifft.

Wir betonen das, denn bereits bevor man die modernen Regeln des Krieges aufstellte, wurde ein Konflikt so ausgetragen, daß Frauen und Kinder so wenig wie möglich in Mitleidenschaft gezogen wurden. Das ist heute in vielen Teilen der Welt, in denen Konflikte toben, nicht der Fall.

Kinder und Zivilisten im allgemeinen sind vorsätzlich betroffen von der Politik der verbrannten Erde. Jugendliche, die selbst noch kaum zwischen richtig und falsch unterscheiden können, werden zu den Waffen gerufen, welche oft größer sind als sie selbst. Verachtenswerte Waffen wie Landminen werden willkürlich ausgelegt, um egal wen zu verstümmeln. Kinder werden auf verschiedene Weise mißbraucht, wenn bei der Verfolgung egoistischer Zwecke durch

die Erwachsenen Moral und Vernunft über Bord geworfen werden.
Wir sind heute zusammengekommen, um mit unserer Stimme den Aufruf zu unterstützen, daß dies ein Ende haben muß. Wir möchten uns der Erklärung anschließen, daß die sittlichen Maßstäbe, die derzeit einen Konflikt steuern, unangemessen sind und daß etwas getan werden muß, und zwar dringend, um die Kinder in Kriegssituationen zu schützen.
Uns allen wäre es lieber, wenn es überhaupt nicht zu einem Konflikt käme. Aber wenn – aus welchem Grund auch immer – Erwachsene zu den Waffen greifen, sollten die Kampfhandlungen von einer menschlichen Ethik und den Grundwerten der Menschheit gesteuert werden. Es sollten prinzipiell keine Frauen und Kinder davon betroffen sein. Es sollten selbstverständlich Kinder nicht als Werkzeuge des Krieges in die Streitkräfte eingezogen werden. Es sollte klar sein, daß die Zivilbevölkerung nicht zügellosen Angriffen ausgesetzt wird.
All diese und andere Verbrechen müssen nicht nur verhindert werden. Sie sollten mit der härtesten möglichen Strafe geahndet werden. Und wir hoffen, daß die internationalen Gerichtshöfe, die sich mit den jüngsten Konflikten in Zentralafrika und Zentraleuropa befaßt haben, dafür sorgen, daß Exempel

statuiert werden, wenn jemand in die tiefste Barbarei absinkt.
Es wird, wenn Standards angesprochen werden, Unterstützung erforderlich sein, um zu garantieren, daß im Protokollentwurf in allen Ländern ein Mindestalter für das Einziehen in die Streitkräfte festgelegt wird. Weiterhin ist erforderlich, in den bestehenden Protokollen die Regelungen für die Benutzung von Waffen wie Landminen zu verschärfen und chemische und andere Waffen der Massenvernichtung ganz und gar auszuschließen. Andere Praktiken wie etwa Geiselnahme sollten mit allen Mitteln, die die Menschheit aufzubieten vermag, bekämpft werden.
Ihre Studie über die Auswirkungen bewaffneter Konflikte auf Kinder ist ein hoffnungsvolles Zeichen dafür, daß die Vereinten Nationen das in ihrer Macht Stehende tun, um wieder Vernunft in die zwischenmenschlichen Beziehungen zu bringen. Mit unserem Eintritt in ein neues Jahrtausend sehen sich die Vereinten Nationen mit vielen Forderungen konfrontiert, um sicherzustellen, daß sie sich effektiver durchsetzen, wenn es um die Garantie gerechter und unparteiischer internationaler Beziehungen zwischen den Staaten geht, den großen wie den kleinen. Es wird dazu aufgefordert, gesunde

wirtschaftliche Beziehungen zwischen den Nationen zu erleichtern, die nicht von den Interessen einiger weniger mächtiger Nationen diktiert werden.
Diese Studie enthält einen wesentlichen, dringenden und kritischen Teil der Forderungen von heute und morgen. Wenn ein Ergebnis Ihrer Arbeit das Sensibilisieren der Menschheit für die Werte- und Ethikkrise ist, welche bestehende Konflikte fördert; wenn ein Ansporn geschaffen wird, Maßstäbe zu übernehmen, um grausame Praktiken abzuschaffen; wenn die Menschheit tatsächlich dazu ermutigt wird, Distanz zu finden zum kriegerischen Konflikt, dann wird Ihre Aufgabe Erfolg gehabt haben.
Mittlerweile ist es auch problematisch, daß von nah und fern Ressourcen mobilisiert werden, um solche Gesellschaften wiederherzustellen, die erst vor kurzem unter einem schrecklichen Konflikt zu leiden hatten. Die physischen, ernährungsmäßigen und psychologischen Nöte von Kindern und natürlich von allen anderen Opfern müssen beachtet werden.
Was das mir – geographisch – näher Liegende betrifft, möchte ich wieder einmal aufs strengste die aggressiven Kriege des Apartheidregimes gegen unsere benachbarten Länder verurteilen. Wir kämpften teilweise in denselben Schützengräben wie die

Menschen von Mosambik und Angola. Aber wir empfinden Reue und tiefe Scham über die Verwüstungen, die unsere eigenen Landsleute über die Ökonomien und Gemeinschaften dieser Länder gebracht haben. Auch wenn es deplaziert sein mag, möchten wir heute aufrichtig um Verzeihung bitten.

Inzwischen haben wir als Ergebnis unserer Kämpfe Freiheit und Gerechtigkeit in Südafrika erreicht. Und wir können in der Entwicklungsgemeinschaft im südlichen Afrika und in bilateralen Abmachungen zusammenarbeiten, um diese vorübergehende Ungerechtigkeit gegenüber den Völkern unseres Landes und dem Subkontinent auszumerzen.

Ich möchte Ihnen versichern, daß man sich bezüglich konkreter Aktionen, mit denen diese Studie alle Teilbereiche der Gesellschaft zu einer Kampagne vereinigen und mobilisieren will, auf unser Volk verlassen kann.

Wir wissen, was es bedeutet, Ungerechtigkeit zu erleiden. Wir kennen den Anblick von im Krieg verstümmelten Kindern. Wir kennen die Bedeutung von Hungerbäuchen bei Jugendlichen, die allein wegen ihrer Hautfarbe derart benachteiligt werden.

Wir wurden vielleicht nicht Zeugen der schlimmsten Entbehrungen. Aber weil uns am Glück und

am Wohlergehen der Kinder gelegen ist, weil wir ein besseres Leben in einer besseren Welt erstreben, werden wir uns mit Ihnen verbünden, um sicherzustellen, daß diese Kampagne Erfolg hat.
Ich danke Ihnen.

Nelson Mandela

Martina Navratilova

12. Dezember 1995

Mein liebes Enkelkind,

was wünsche ich Dir für Dein Leben?
Ich wünsche Dir Liebe, inneren Frieden, Glück, Weltfrieden, vor allem aber einen gesunden Planeten.
Nun – wie kannst Du das am besten anstellen?
Liebe – funktioniert »einfach«. Du gibst Liebe, und früher oder später wirst Du Liebe zurückbekommen.
Der innere Frieden, den Du erwirbst, wenn Du Liebe gibst, insbesondere bedingungslose Liebe, ist ein schöner Nebeneffekt – Du erhältst zwei Dinge zum Preis von einem.
Glück – das muß von innen kommen, aber Du kannst auch etwas von außen bekommen: einen Geliebten, einen Freund, Familie, aber zuerst mußt Du mit Dir *selbst* glücklich sein.

Weltfriede – ist nicht so einfach. Trage Dein Teil in Deiner kleinen Gemeinschaft dazu bei, und hoffentlich werden mehr und mehr Menschen mitmachen, und ehe wir uns versehen, haben wir ihn vielleicht tatsächlich – den Weltfrieden –, was für ein Gedanke ...
Ein gesunder Planet – wieder: Leiste Deinen Beitrag dazu – überlege, wie Du es anders machen kannst, und teile Dich anderen mit – wecke das Bewußtsein der anderen – ein Umweltschützer zu sein, ist nichts Anstößiges.

Ich wünsche Dir Gleichheit – egal, welcher Hautfarbe, welchen Geschlechts, welcher Nationalität Du auch bist –, ich wünsche Dir Chancengleichheit, um das tun zu können, was Dein kleines (großes) Herz ersehnt.
Und vor allem wünsche ich Dir den Mut, Dir selbst gegenüber ehrlich zu sein, denn das ist der einzige Weg, um Dich voll und ganz zu verwirklichen und ohne jede Einschränkung aufzublühen. Viel Glück, mein Liebling, setz Dich dafür ein und hab Deinen Spaß!!!

In Liebe

Großmama Martina

Shimon Peres

Sehr oft sagen die Leute zu mir: »Du wirst in die Annalen eingehen«, oder »Dein Name wird einmal in den Geschichtsbüchern stehen«. Das irritiert mich irgendwie, weil es nicht mein Ziel ist.
Denn die Geschichte ist voll menschlichen Leids, voll von Kriegen und Blutvergießen. Die Geschichte erscheint mir mehr wie eine Tragödie denn als ein Rosengarten.
Tolstoi sagte einmal über Napoleon, daß er so lange tötete und tötete und tötete, bis er unvergeßlich wurde.
Wenn meine Tage sich dem Ende zuneigen, möchte ich von mir sagen können – oder besser sollen meine Freunde von mir sagen können: Dieser Mann hat einem Kind das Leben gerettet oder es von einer Krankheit geheilt oder es vor Armut und Verzweif-

lung bewahrt. Das Schicksal eines einzigen kleinen Kindes ist mehr wert als ein Kapitel im Geschichtsbuch.

Wir können unsere Vergangenheit ebensowenig ändern wie unsere Geschichte, genauso wie wir uns unsere Eltern nicht aussuchen können. Nur was unsere Zukunft angeht, haben wir die Möglichkeit, sie selbst zu gestalten und besser zu machen. Und woraus besteht die Zukunft denn sonst als aus unseren Kindern?

Ihnen die Möglichkeit zu geben, zu lernen und zu glauben, Vertrauen und Hoffnung zu haben, sich zu freuen; Freude an einem guten Buch zu empfinden, die Tiefe einer wunderbaren Melodie, den Charme eines schönen Bildes. Den Sonnenaufgang und Sonnenuntergang zu erblicken, ohne Angst im Herzen; die Freiheit zu genießen; und nie Zeit mit Verzweiflung, Haß oder Unterdrückung zu vergeuden.

Sobald ein Kind geboren ist, muß man ihm beibringen, daß das Leben zu kurz ist, um mit Ärger und Ungerechtigkeit vertan zu werden.

Kürzlich erhielt ich einen Brief von einem behinderten Jungen, der sein ganzes bisheriges Leben im Rollstuhl verbracht hat. Er sagte, er wolle eine persönliche Empfindung ausdrücken, von der er meinte, sie gelte wohl für alle Menschen.

Er schrieb: »Ich habe den Eindruck, daß jeder, der mich sieht, denkt, es sei mein größter Wunsch auf dieser Welt, aus dem Rollstuhl steigen zu können, doch in Wahrheit habe ich eine panische Angst davor, auf eigenen Füßen zu stehen. Die Vorstellung, ich müßte der Welt und den Menschen in einer ungewohnten Situation entgegentreten, erschreckt mich zutiefst.
Ich kenne ein Mädchen«, fuhr er fort, »das von Geburt an blind ist und mir einmal erzählte, daß ihr der Gedanke daran angst macht, was geschähe, wenn Gott ihr plötzlich die Fähigkeit verleihen würde, zu sehen. Sie sagte, daß sie sich nichts sehnlicher wünschte, als das Licht eines neuen Tages zu sehen, gab aber zu, daß sie sich vor diesem Anblick fürchtete.«
Und der Junge fügte noch hinzu, daß wir im Grunde alle auf die eine oder andere Weise behindert auf die Welt kämen. Und daß wir uns alle davor fürchteten, aus unserem Rollstuhl zu steigen, selbst zu gehen und die Verantwortung für uns zu übernehmen.
Ich habe den Brief des Jungen in unserem Parlament verlesen. Der Junge saß auf der Galerie und hörte zu, und viele waren zu Tränen gerührt. Die Mutter des Jungen schrieb mir später, daß sich der Junge nach der Rede zum erstenmal in seinem Leben aus seinem

Rollstuhl erhoben habe und auf eigenen Füßen gestanden sei. Das war für mich einer der bewegendsten Momente in meinem Leben. Ein körperlich behinderter Junge, der in seinem Rollstuhl aufsteht.
Es ist völlig klar, daß wir alle viel gesünder sein könnten, als wir uns fühlen, und weniger blind, als wir es uns angewöhnt haben. Als Großvater, nicht nur als Vater, würde ich meinen Enkelkindern gerne diese beiden Dinge mitgeben, daß sie auf ihren eigenen Füßen stehen und mit ihren eigenen Augen sehen können. Auf eigenen Füßen zu stehen, um den richtigen Weg zu gehen, und mit eigenen Augen das Helle und nicht nur die Schatten auf unserer Welt zu sehen.
Sie werden dafür wohl von niemandem Beifall ernten, aber sie werden fähig sein, ihre Umgebung zu bereichern, einen Beitrag in ihrer Gesellschaft zu leisten und ihren Nachkommen eine bessere Welt zu bieten. Eine Welt, die nicht das Blutvergießen verherrlicht und die daran glaubt, daß jedes kleine Kind eine ganz neu zu entdeckende Welt für sich darstellt und es deshalb alle menschlichen Hilfsmittel und Segenswünsche verdient. Das hat nichts mit Geschichte zu tun, das ist unsere Zukunft.

Shimon Peres

Karlheinz Stockhausen

Kürten,
27. Oktober 1995

Meine lieben Enkelkinder,

inzwischen seid Ihr zu elft: fünf junge Norweger, drei junge französische Kinder, drei junge deutsche. Seid gegrüßt von Eurem *Heika-Sirius*.
Gestern habe ich mir überlegt, was ich dieses Jahr zu Weihnachten auswählen könnte. Vor meinem geistigen Auge sah ich für jeden von Euch einen Engel. Heute morgen war ich in einem kleinen Geschäft in Wipperfürth, das Notenpapier und Krippenfiguren verkauft. Ich habe bereits fünf Engel gefunden, die Musikinstrumente spielen, einen kleinen, betenden Jungen und zwei betende Mädchen – alle sehr schön aus Holz geschnitzt –, und habe sie feierlich aufgestellt. Ich möchte noch drei weitere Engel aufstöbern, dann habe ich alle elf beisammen und kann

sie Euch schicken. Dieses Jahr werde ich nämlich den ganzen Dezember bis zum Heiligabend das Symphonieorchester des Hessischen Rundfunks leiten. Deshalb habe ich jetzt schon für jeden von Euch etwas vorbereitet. Natürlich werdet Ihr außerdem wie immer noch etwas bekommen, was mit Musik zu tun hat.

Wie geht es den elf Klapperstörchen vom letzten Weihnachten?

Suja, Eure Mutter und Tante, wird heute abend mit Till, Lelia und Cosima aus Caen kommen, um eine Woche bei mir zu verbringen. Ich freue mich sehr und habe einige Überraschungen vorbereitet. Suja kann dann von ihrer Reise nach Indien erzählen, und die drei französischen Enkel können mir von ihren Sommerferien in Norwegen berichten, die Ihr alle gemeinsam am Strand verbracht habt. Ich bin schon sehr gespannt!

Wenn Ihr die Engel und die anderen Figuren erhaltet, stellt sie bitte dort auf, wo Ihr gewöhnlich Eure Schularbeiten und Übungen macht. Es wäre wundervoll, wenn Ihr jeden Tag Eures Lebens zu Eurem Schutzengel beten würdet, so wie ich es mehrmals täglich mache. Vor kurzem habe ich noch mehr als gewöhnlich gebetet, weil so viele Pläne für das nächste Jahr schiefgingen. Letzte Woche be-

tete ich sogar einige Tage zu Michael um gutes Wetter, weil wir im Wald ein *kleines Haus des Lichts* bauen, und wenn es geregnet hätte, wäre alles kaputtgegangen. Aber die Sonne kam heraus, obwohl viele gesagt hatten, es würde regnen: Michael hat mich erhört!
Auch die schlimmsten Unmöglichkeiten – die Weltpremiere meines neuen Stückes für Chor, »Welt-Parlament«, die nach vielen Proben am 26. Oktober in Stuttgart stattfinden sollte, und die Premiere der Oper »Freitag« aus dem Zyklus »Licht« vom 27. bis zum 30. März nächsten Jahres an der Oper in Leipzig – wurden schließlich möglich durch den Beistand der Engel: »Weltparlament« wird nun seine Weltpremiere nächstes Jahr am 3. Februar erleben und »Freitag« aus dem Zyklus »Licht« am 12. September. Wie sehr haben die Musiker, die Kinder des Leipziger Kinderchores und des Kinderorchesters mit mir gezittert! Jetzt müssen wir viel Geduld haben und viel länger üben, aber ich glaube, daß es noch besser wird als ursprünglich geplant.
Ich hoffe, daß Ihr alle wieder nach Leipzig kommt – wie bei »Dienstag« aus dem Zyklus »Licht«. Es gibt viele Überraschungen – Zauberklänge – üble Tricks (mein Gott!) – Gespenstereffekte – schaurige Dinge

– eine Menge lustiger Happenings – viele schöne Momente!
Einen Musikkuß für jeden von Euch
schickt Euch

Euer Heika-Sirius

Stockhausen

Desmond M. Tutu

29. September 1996

Gott segnete meine Frau Leah und mich mit vier Kindern, Trevor, Thandeka, Nontombi und Mpho. Sie haben jetzt ihre eigenen Familien, und ich schreibe diese Botschaft an alle unsere Enkelkinder – die ich nicht im einzelnen namentlich nennen möchte, weil ich die noch nicht Geborenen auslassen müßte, und diese Zeilen sind für alle bestimmt.

Meine Lieben,

ich bin ein Teil von Euch, und Ihr werdet immer ein Teil von mir sein. Ich denke, daß ich dabei das bessere Los gezogen habe.
Durch Eure Eltern seid Ihr auch meine Kinder, und ich liebe Euch mehr, als Ihr Euch vorstellen könnt.

Die zwei wertvollsten Gaben sind das Leben und die Liebe. Gott schenkt uns das Leben, und ihm ist am meisten daran gelegen, daß wir glücklich sind. Das Geheimnis, das Glück zu finden, besteht darin, andere glücklich zu machen. Es ist nicht immer einfach, alle zu lieben, aber man braucht die anderen nicht zu lieben oder zu mögen, um sich um sie zu kümmern, sich darum zu kümmern, ob sie hungrig oder traurig sind. Es ist diese anteilnehmende Liebe, von der Gott will, daß wir sie füreinander und für die Welt aufbringen.
Diese Welt ist der wundervollste Ort. Genießt sie und erfüllt sie mit Lachen und mit Liebe, und Ihr werdet Gott erfreuen.

Gott segne Euch.

Desmond M. Tutu

Liv Ullmann

Was soll ich Dir wünschen, mein lieber kleiner Enkelsohn – gerade erst drei Monate alt?
Ich wünsche Dir Hoffnung.
Daß Du den Menschen Hoffnung schenken kannst.
Ich wünsche Dir Mitgefühl.
Daß du den Menschen Mitgefühl zeigen kannst.
Wie sollen die Frauen aussehen, die ich Dir wünsche? Ich wünsche Dir Frauen, die stolz darauf sind, Frauen zu sein, weil das bedeutet, andere in den Arm nehmen zu können.
Ich wünsche Dir Frauen, die den Mut haben, ihre Einmaligkeit zu betonen und hochzuhalten, und die lernen werden, sich nie zu unterschätzen. Und ich wünsche Dir, daß du imstande bist, sie anzuerkennen, und Dich freust, daß sie weich genug sind, um sich an sie anzulehnen.

Wie sollen die Männer aussehen, die ich Dir wünsche? Ich wünsche Dir Männer, die es aus tiefstem Herzen ablehnen, ihre Stärke an ihrer Fähigkeit des Eroberns und Beherrschens zu messen.
Ich wünsche Dir Männer, die eine neue Deutung der Welt anstreben und dominante Stereotype in Frage stellen, Männer, die verstehen, daß Visionen wichtiger sind als Slogans. Und ich wünsche Dir die Fähigkeit, mit ihnen den klaren Verstand – der bezeichnend ist für echte Gefühle – zu teilen, der fortleben und für immer zu einem Teil von ihnen werden wird.
Wie soll die Welt aussehen, die ich Dir wünsche? Ich wünsche Dir eine Welt, in der niemals ein Mann oder eine Frau eine wichtige Entscheidung fällt, ohne die Folgen dieser Entscheidung für die sieben kommenden Generationen zu bedenken.
Ich vertraue auf Deine Kraft als erwachsener Mann, die Zeit zurückzuverfolgen bis zu dem Punkt, als Du reinen Herzens warst – als Du seltsame Bilder gemalt und mit Blumen gesprochen hast. Als Du glaubtest, ein Teil des Ganzen zu sein. Als Du ohne Furcht den Kontakt suchtest.
Auf Dich warten Möglichkeiten, mein Enkelsohn.
Stimmen von draußen, auf die Du hören mußt.
Menschliche Geschöpfe da draußen in der Welt, die

niemals für Dich stimmen, Dir niemals Beifall spenden oder Dich ehren werden.
Die nur einfach Deiner bedürfen.
Du wirst letztendlich danach beurteilt werden, wie Du auf diese Bedürfnisse reagiert hast.
Dieses endgültige Porträt Deiner selbst – welches Du niemals ändern kannst – wird – und mag der Rahmen auch noch so schön sein – die Fürsorge und die Einsicht widerspiegeln, die Du für andere aufgebracht hast. Und wie Du durch ihr Schicksal zu einer Erkenntnis Deiner selbst gelangt bist.
Schließlich hoffe ich, daß Du Dir dessen bewußt bist, niemals nur Zuschauer zu sein. Du bist Mitspieler, und als solcher wird Deine Zeit in Herzschlägen gemessen, nicht in Besitztümern.
Mein lieber Enkelsohn – drei kurze Monate alt: Mögest Du im Leben Deinen Gefühlen Platz einräumen – riskiere, verletzt zu werden, und erfahre die Liebe.

Liv Ullmann

Jørn Utzon

November 1939

Lieber Enkel,

gerade jetzt sitze ich an meinem eigenen Platz in der Dachkammer meines Elternhauses. Die Dachkammer ist der Ort, an dem die Dinge aufbewahrt werden, die nicht riechen. Mein Großvater machte das jedenfalls so, als das Haus ihm gehörte. Obwohl es wahrscheinlicher ist, daß er es meinen Vater machen ließ. Egal. Worum es geht, ist, daß er sehr gut darin war. Er war ein Naturtalent. Woraus sich die ungeheure Ansammlung von Dingen meines Großvaters, die hier gestapelt sind, erklärt. Auch war er ein sehr gewitzter Mann, weil er das Haus möbliert verkaufte. Ein möbliertes Haus zu kaufen bedeutet in der Regel, all die Sachen zu bekommen, die sonst weggeworfen worden wären. Aber man bekommt sie billig. Oder vielleicht war es nur eine nette Geste, denn wenn ich darüber nachdenke, verleitete mein Vater mich dazu, die Dachkammer aufzuräumen, was mit Abstand am schlimmsten ist. Mein Sohn, wenn Du gerne ein eigenes Zimmer haben willst .... ein ganzes Stockwerk für Dich allein ... Und so weiter.

Das bringt mich wieder in die Gegenwart zurück. Ich bin inzwischen einen halben Tag hier und habe es gerade mal geschafft, so viel Platz zu machen, um ein Bett unterzubringen. Soweit die pessimistische Deutung. Ein Optimist würde sagen, daß ich in einer Dachkammer, in der 50 Jahre lang Zeug angehäuft wurde, an einem halben Tag sieben Jahre beseitigt habe. Ob man es nun so oder so betrachtet, ist nicht wichtig (oder vielleicht ist gerade das wichtig). Tatsache ist, daß ich selbst Teil davon geworden bin. Innerhalb einer Woche werden alle Sachen von Großvater an anderer Stelle sein. Dann werde ich beginnen, selbst ein bißchen anzuhäufen. Vielleicht, so ist zu hoffen, sind es nicht dieselben Dinge und derselbe Dachboden, aber Du wirst sicherlich eines Tages irgendwelche Dinge durchforsten müssen, die mir gehören. Wenn auch nicht so viele. Ich bin also Teil eines Teufelskreises, und jetzt ziehe ich auch noch Dich mit hinein.

Dabei fällt mir wieder ein, warum ich diesen Brief schrieb. Während ich Platz schuf, habe ich über die Angelegenheit nachgedacht – über meinen Großvater. Wer und wie er war und warum er diese Dinge sammelte. Was ich herausfand, hatte ich vorher schon gewußt. Ich kannte ihn nur als einen alten Mann mit dem Etikett Großvater. Und nicht, wie er aussah, als er jung war. Wie er fühlte und was er dachte. Ich habe ihn nie als Freund gekannt. Da überfiel mich die Angst, meine Enkel könnten von mir genauso wenig wissen wie ich über meinen Großvater. Und vergessen, daß auch ich einmal jung war. Ich wollte, daß Du mich kennenlernst, bevor ich als Großvater oder auch Vater etikettiert werde, und zwar jetzt. Statt Dir also das Geheimversteck der Zeitmaschine zu verraten, werde ich mich in diesem Brief über die Zeit hinwegsetzen. Er ist die Einleitung zu einem Tagebuch, in dem ich ab und zu schreibe, damit Du erfahren mögest, wie ich als Junge war. Ich habe das Ganze allerdings ein wenig hinausgezögert, weil das zu meinem Plan dazugehört.

Jørn

(erfunden und niedergeschrieben von Jeppe Utzon, dem Enkel Jørn Utzons)

Lech Wałęsa

Mein Lieber,

es ist mein Wunsch, daß Du mich achtest und nicht nachahmst.
Ich möchte, daß Du alles verstehst, was ich leisten mußte, das heißt, Du sollst wissen, daß meine Aufopferung, meine Taten und meine Entbehrungen nicht vergeblich waren. Du sollst wissen, daß ich mich nicht umsonst abgemüht habe. Ich will, daß Du begreifst, von welchen Motiven ich mich bei meinem Handeln habe leiten lassen, und ich wünsche mir, daß Du sie Dir zu eigen machst. Ich wünsche mir, daß Du mich verstehst, schätzt und sogar – entschuldige bitte – auch ein wenig beneidest. Ich will jedoch *nicht*, daß Du mich nachahmst. Ich möchte, daß Dir das erspart bleibt, was ich habe tun

müssen. Ich wurde während des furchtbarsten aller Kriege geboren – Du dagegen erblicktest in Friedenszeiten das Licht der Welt. Ich wünsche Dir, daß Dir dieser Unterschied immer gegenwärtig bleibt, damit das, wofür ich gekämpft habe, im Gefängnis saß und Verfolgungen erduldete, zu Deinen unveräußerlichen Rechten gehören möge, damit Du in einer besseren und vollkommeneren Welt leben kannst.

Denke jedoch daran, daß man für das, wofür es sich zu leben lohnt, auch sterben können sollte. Das Leben muß ein Ziel haben, so daß Du, wenn Du selbst einmal einen Enkel hast, ihm sagen kannst, daß Du würdig gelebt hast.

Möge Gott Dich leiten
und mein Segen Dich begleiten.

Lech Wałęsa

Fay Weldon

Brief an ein ungeborenes Enkelkind

Dezember 1996

Neulich kam ein Fax aus meinem Gerät, offenbarte Zentimeter für Zentimeter eine Ultraschallaufnahme von Dir im Bauch, im sechsten Monat, übermittelt vom Computer Deines Vaters, meines Sohnes. Es ging an alle Freunde und Familienmitglieder, die entsprechend technisch ausgestattet sind und es empfangen können. »Hallo, Leute!« sagtest Du tatsächlich drei Monate vor Deiner Geburt. »Hallo Leute, hier bin ich, in dieser brandneuen Welt, die Ihr für mich geschaffen habt. Kaum hier und schon dokumentiert. Wer sehen kann, der möge sehen.«
Dieses Bild Deines ungeborenen Selbst löste sowohl Glückseligkeit als auch Schrecken aus: Das schiere Wunder eines neuen Lebens genügte, seine Übersetzung in die digitale Welt hinein und wieder heraus

zu schaffen und ein Lächeln der Freude zu hinterlassen. Der Schock bestand in der Erkenntnis, wie wenig Geheimnis wir uns gelassen haben und wie viel Rätselhaftes doch noch bleibt. Da bist Du, Geist und Lebenshauch auf körnigem Schwarzweiß: Temperament und Veranlagung bereits im Fruchtwasser vorhanden, mit dem Daumen im Mund – das ist Körpersprache; ich lese Dich als entschlossen und fröhlich; Du hast den Überblick über die Prozesse, die Dich formten. Du beschränkst Dich keineswegs auf ein Rollenspiel, spielst keine Nebenrolle in einem Drama von irgend jemandem; Du bist selbst das Drama, und Du weißt es.

Ich weiß bereits, daß Du ein Mädchen bist und Dein Name Ella sein wird. Ich kenne Deine Aszendenten. Du hast die Hälfte der genetischen Anlagen von Deinem Vater, der die Hälfte von mir und die andere von seinem Vater hat; ebenso eine Hälfte von der Seite Deiner Mutter und weiter zurück in exponentiellen Halbierungen bis zur Urmutter Eva irgendwo in Afrika vor einer halben Million Jahren. (Wenn wir Richard Dawkins glauben, Genforscher und Theoretiker der Evolution, der so glänzend über den Verlauf der Entwicklung durch die Äonen schreibt, und nicht einer Schöpfungsideologie anhängen, wonach wir alle nach Gottes Ebenbild direkt Adams

Rippe entsprungen sein sollen. Doch alle Ideen und alle Geschichten einer Schöpfungsmythologie berichten von den gleichen Wundern. Der Ursprung des Lebens braucht Dich nicht zu kümmern, bevor es soweit ist. Es genügt, daß Du *bist* und uns aus dem Bauch Deiner Mutter anstrahlst.) Von Deinem Vater her bist Du englischer Abstammung, zurückgehend auf die Wikingerüberfälle vor 1000 Jahren, und jüdischer von der Judeneinwanderung aus Osteuropa um die Jahrhundertwende. Von Deiner Mutter her bist Du teils englisch, teils italienisch. Denk daran, wir sind alle Weltbürger: Den lebendigsten Menschen sieht es am wenigsten ähnlich, da zu bleiben, wo sie zur Welt kamen. Halte es also nicht für eine Tugend, zu Hause zu bleiben: Wähle für Deine Kinder einen Vater von der Art, daß er Deine Eltern erschreckt. Dann erfüllst Du den Plan der Natur, die Mannigfaltigkeit will, obwohl dabei vielleicht kein beschauliches Leben herauskommt. Denn was ist Ruhe schon anderes als tödliche Langeweile!
Egal, wo Du Deine Familiengeschichte aufschlägst, Du stößt überall auf die Halbwelt: Musiker, Maler, Bildhauer, Schriftsteller, Dichter, Filmemacher, Menschen, von denen viele in Ungnade fielen, manche angesehen waren. Dazu kommt eine Handvoll Unternehmer, Politiker. In dieser Familie be-

steht zweifellos die Neigung zur Rastlosigkeit, besonders bei den Frauen. Meine Großmutter, 1878 geboren, erzählte mir von ihrer Großmutter, Mary Frances, geboren 1841, einer Bildhauerin, die ihren Mann verließ und sich ihren Lebensunterhalt damit verdiente, daß sie Gedichte über die Niederträchtigkeit der Männer schrieb.
Inzwischen haben wir eine Welt für Dich geschaffen, in der es für Männer schwieriger geworden ist, niederträchtig zu sein. Logischerweise wird nun – leider – von Dir erwartet, daß Du Dir Deinen Lebensunterhalt selbst verdienst. Ich hoffe für Dich, daß Dir das nicht allzu schwer fällt: daß Du spezielle Begabungen hast, die erkannt und gut bezahlt werden, damit Dir Energie für die Liebe übrigbleibt. Ich hoffe, daß Du hübsch bist, denn gutaussehende Frauen haben es leichter und sind in der Lage, auszuwählen; aber nicht zu schön, damit es Dir nicht schwerfällt, Dich in andere hineinzuversetzen. Deshalb lobte man in der Generation meiner Mutter die kleinen Mädchen nie wegen ihres Aussehens, und Liebesbezeugungen hingen vom guten Benehmen ab; die Generation Deiner Mutter findet es dagegen ganz normal, zu ihren Töchtern zu sagen, »wie hübsch du aussiehst«, und auch dann Liebe zu zeigen, ja besonders dann, wenn es am wenigsten

verdient erscheint. Die Kinder von heute sind außergewöhnlich selbstsicher, und ich wünsche Dir das natürlich auch, obwohl ich mich frage, wohin das führen wird. Meine Generation verbrachte ihre Kindheit damit, zu warten und sich auf das Erwachsenendasein vorzubereiten: Die Deine verbringt ihre jetzt damit, indem sie sich die Erwachsenenwelt unterwirft. Du Glückspilz.

Ich möchte nicht, daß Du eine Feministin wirst, wenn damit eine Frau gemeint ist, die die Männer verhöhnt und verachtet, genauso wie es einmal für Männer üblich war, Frauen zu verhöhnen und zu verachten. Ich möchte, daß Du eine Feministin in dem Sinne wirst, daß Du Dich in erster Linie als Person und erst in zweiter als Vertreterin eines bestimmten Geschlechtes betrachtest: Ich möchte, daß Du in einer Welt lebst, in der dies möglich ist. Ich möchte, daß Du Kinder hast und mich zur Urgroßmutter machst, auch wenn mir der Verstand sehr wohl sagt, daß es in den freien Berufen für völlig verrückt angesehen wird, wenn eine junge Frau Babys hat. All die Unkosten, der Aufwand, die Sorgen und Ängste. Ich bin froh, daß Deine Mutter gescheit genug war, alle vernünftigen Ratschläge zu mißachten, und Du jetzt an Deinem Daumen lutschst und die Faxgeräte überall im Land bemühst, um uns Deine ungeborene Anwesenheit anzuzeigen. Ich habe ohnehin das Gefühl, Ella, daß Du die Fähigkeit besitzt, die gesamte technologische Welt zum Leben zu erwecken, indem Du auf diese geniale und unvergeßliche Weise über Fax in ihr erschienen bist. Du schlägst darin Deinem charismatischen Vater nach. Auch seine Auftritte waren immer einzigartig.

Ich möchte, daß Du Deinen Kuchen bekommst und ihn auch ißt. Ich möchte, daß Du Männer liebst, aber auch treu sein kannst und mich eines Tages zu Deiner Hochzeit einlädst: Ich bin nie auf einer weißen Hochzeit gewesen, bei mir gab es das nicht. Laß mich auf meinen altersschwachen Beinen zu der Deinen wackeln. Meine Mutter, Deine Urgroßmutter, sieht unsere Aufgabe auf der Welt als die eines Straßenkehrers. Gott fuhr auf in den Himmel und ließ die Trümmer der Schöpfung zurück, weshalb die Aufgabe der menschlichen Rasse darin besteht, diesen Müllhaufen zu sortieren und das Gute zu verwerten: die guten ins Töpfchen, die schlechten ins Kröpfchen. Wir seien, so erklärte sie, das Wiederverwertungsteam des Universums. Ich hoffe, Du wirst die Welt in einem besseren Zustand verlassen, als Du sie betreten hast, aber sei in diesem Punkt nicht zu gewissenhaft. Ich hoffe, Du wirst die Gabe besitzen, andere zum Lachen zu bringen, und daß es, wenn Du ein Zimmer betrittst, hell darin wird. Ich möchte, daß Du Schulsprecherin wirst und eine Eins in Ökonomie bekommst und gleichzeitig, wenn Du das gerne willst, Miß World wirst. Ich wünsche mir, daß es Dir gelingt, alle Paradoxe, die mich verwirrten, aufzulösen.

Zurück zu Dir, Ella. Ich bin, nach der Art, wie Du Deinen Daumen lutschst, davon überzeugt, daß Du Dir Deine Gedanken über das Dasein machst und Dir Deine Energie für den großen Vorstoß in das glänzende, gefährliche Leben auf der Welt aufhebst, damit Du unseren Erwartungen entsprechen wirst und in die Geschichte eingehst als die Person, die das große Rätsel des Universums und das große universelle Paradoxon löste, warum wir überhaupt geboren werden und warum alles so schwierig ist, sobald wir hier sind. Mögest du sowohl Hohepriesterin als auch eine Spitzenwissenschaftlerin werden.

Uns ist ein Kind geboren.
Willkommen.

Fay Weldon

Elie Wiesel

Dezember 1996

An Livs Enkelkind,

ich habe Deine Großmutter gekannt. Damals war ich jünger, sie ist es geblieben. Sie hat etwas, das stärker ist als die Zeit. Irgend etwas Fesselndes. Und Rührendes.
Ich spreche nicht von ihrer Kunst, die groß ist, wenn nicht sogar einmalig. Ich spreche von ihren selteneren Eigenschaften, dank derer sie Deinen weniger vom Glück begünstigten Altersgenossen näherkommt, denen, die hungrig, furchtsam, krank oder ganz einfach einsam sind.
Ich habe sie in einem Lager für Kambodscha-Flüchtlinge gesehen. Immer umgeben von Kindern, deren Augen voll trauriger Erinnerungen waren. Sie tröstete sie mit einer kleinen Zärtlichkeit, mit einem

Wort, einem Lächeln. Sie fand diesen Kummer unerträglich. Nie würde sie diese nach Hoffnung dürstenden Geschöpfe verlassen. Und dann sah ich, wie sie sich durch ihre Anwesenheit veränderten.
Deine Großmutter ist nämlich jemand, der Kinder liebt. Inbrünstig und zärtlich liebt, und nur sie vermag so zu lieben. Wenn die unglücklichen Kinder dieser aus dem Gleichgewicht geratenen, verrückten und unverständlichen Welt eine Königin wählen könnten, sie würden ihr die Krone aufsetzen. Weil sie sie mit der ganzen Leidenschaft ihrer Kindheit lieben.
Und wir lieben sie.

Elie Wiesel

Simon Wiesenthal

Fiktiver Brief an meine Enkelkinder

4. September 1996

Meine lieben Enkelkinder!

In vier Jahren geht unser Jahrhundert zu Ende. Da ich 1908 geboren bin, habe ich alles erlebt, was in diesem Jahrhundert zu erleben war. Rückblickend nenne ich es das Jahrhundert der Verbrechen; es gab zwei Weltkriege, ich war schon als Kind ein Flüchtling, und als Erwachsener war ich wieder ein Flüchtling. Die meisten unserer Verwandten sind nicht auf eine natürliche Weise verstorben, sondern sie mußten einen gewaltsamen Tod aus den Händen von Verbrechern erleiden.

Wenn ich an das kommende Jahrhundert denke – das ich kaum mehr erleben werde – und mir überlege, wie es sich von dem zu Ende gehenden unterscheiden soll, dann hoffe ich inständig, daß Euch

vieles, was wir, Eure Großeltern, erleben mußten, erspart bleiben möge. Eure Mutter trägt unter ihren Vornamen auch die beiden Eurer Urgroßmütter, damit diese – wie es bei uns Juden der Brauch ist – in ihren Nachkommen weiterleben.
Ich und Eure Großmutter sind Überlebende und als solche nicht nur den Toten verpflichtet, sondern auch den kommenden Generationen. Wir müssen unsere Erfahrungen an Euch weitergeben, damit Ihr daraus lernen könnt, denn ich bin der Überzeugung: »Information ist Abwehr.«
Es genügt nicht, daß alles schon in Büchern festgehalten wurde, denn ein Buch kann man im Gegensatz zu einem Menschen nicht befragen. Ein Zeuge muß ein »lebendiger« Zeuge sein. Deshalb habe ich bei Versammlungen Überlebender, auf denen ich gesprochen habe, immer wieder gemahnt: »Ihr habt Kinder, ihr habt Enkelkinder, eure Nachbarn haben Kinder – ihr müßt zu ihnen sprechen. Ihr müßt ihnen alles erzählen, was ihr erlebt habt, und ihre Fragen provozieren, damit auch sie weitererzählen können. Nur in der mündlichen Erzählung bleibt die Erinnerung lebendig.«
Wie Ihr wißt, habe ich nach meiner Befreiung immer wieder das Gespräch mit jungen Menschen gesucht und bei meinen Vorträgen an Universitäten

in vielen Ländern der Erde auch zu Tausenden gesprochen. Ich stand vor gutgekleideten, gutgenährten, fröhlichen jungen Leuten, und plötzlich fragte ich mich: Wie soll ich jemandem, der nie in seinem Leben Hunger oder Kälte gelitten hat, begreiflich machen, wie viel seinerzeit ein Stück Brot, eine Scheibe Kohlrabi oder eine Jacke bedeutet haben? Wie kann ich einem, der den Tod nur aus der Lektüre der Zeitungen kennt, vermitteln, was einer fühlt, der den Rauch über den Krematorien sieht und weiß: Dieser fettige süßliche Geruch stammt von Menschen, die noch gestern in einer langen Kolonne durch die Lagerstraßen marschiert sind. Mit welchen Worten kann ich diesen jungen Menschen den Schmerz einer Mutter schildern, der ein Kind aus der Hand gerissen wird, um es zu denen zu stoßen, die für die Gaskammer bestimmt sind.
Ich fürchte, daß es unmöglich ist, all diese Erfahrungen weiterzugeben. Wir können sprechen und unsere Erinnerungen zu Worten formen. Aber diese Worte, selbst wenn unsere Zuhörer sie begierig aufnehmen, werden in ihren Köpfen nicht wieder zu Wirklichkeit. Was im Dritten Reich geschehen ist, entzieht sich dem Vorstellungsvermögen.
Wir, Eure Großeltern, haben trotz aller Einwände und Bedenken die Pflicht, Euch und unseren jungen

Zuhörern darzustellen, wie einmalig, wie unfaßbar, wie außergewöhnlich die Zeit des Holocaust war. Aber eben dadurch erschweren wir es Euch, unsere Schilderungen für Wahrheit und Wirklichkeit zu nehmen. Das Unfaßbare bleibt unfaßbar.

Meine lieben Enkelkinder, ich muß zugeben, daß auch wir, Eure Großeltern, eine Reihe von Irrtümern begangen haben. Zu diesen Irrtümern zählt, daß wir glaubten, wir könnten dem Judenhaß allein damit begegnen, daß wir uns durch Leistungen Achtung verdienten. Zu unseren Irrtümern gehört, daß wir auch nach 2000 Jahren noch immer nicht begriffen hatten, daß wir immer die ersten Opfer von Zwietracht sind – wo immer eine Majorität gegen eine Minorität aufgehetzt wird, schlägt man am Ende den Juden ans Kreuz. Zu diesen Irrtümern gehörte auch, daß man zusieht und abwartet, solange man vielleicht noch etwas unternehmen könnte.

Wir konnten auch nicht glauben, daß das Volk Schillers und Goethes sich einem Hitler oder Himmler unterwirft. Gerade die Juden im Osten Europas waren überaus germanophil, denn sie waren die Träger der deutschen Kultur in dieser Region. Als man sie vor Jahrhunderten aus Deutschland vertrieben hatte, hatten sie ihre Sprache, nämlich das Mittelhochdeutsche, in ihr Exil mitgenommen und bewahrten es. (Dasselbe taten übrigens auch die spanischen Juden, die das Altkastilische als Ladino mitnahmen, nachdem man sie aus Spanien vertrieben hatte.)

Ich erinnere mich noch genau an die Bücherwand in unserer Wohnung in Buczacz: Die Mehrzahl der Bücher war deutsch. Wenn meine Mutter, Eure Urgroßmutter, mir etwas wirklich Wichtiges vermitteln wollte, dann nahm sie einen deutschen Klassiker zur Hand, um mir zu sagen: »Siehst du, der wußte das, was ich dir sagen möchte, viel besser auszudrücken.«

Und ein Irrtum von uns war es auch zu glauben, daß einer, der Goethe gelesen hat, nicht imstande sein würde, den »Stürmer«, dieses Nazi-Hetzblatt, zu lesen.

Es wird gelegentlich behauptet, daß zumindest der Nationalsozialismus Hitlerscher Prägung keine Chance hätte, wiederzukommen. Es würde vielleicht andere Faschismen geben, es würde vielleicht zu anderen Verfolgungen kommen – aber nie mehr so wie im Dritten Reich. Ich hoffe das auch, aber ich habe gelernt, daß Kontrolle besser ist als Vertrauen. Wenn Haß und Sadismus sich mit moderner Technologie verbinden, kann überall aufs neue das Inferno ausbrechen. Diese Kombination von Haß und

Technologie ist die größte Gefahr, der sich die Menschheit aussetzt. Es geht nicht nur um die große Technologie der Atombombe, es geht auch um die kleine Technologie des täglichen Lebens: Ich kenne Menschen, die stundenlang vor dem Fernsehschirm sitzen, weil sie verlernt haben, miteinander zu kommunizieren. Bald wird man keine Fremdsprachen mehr lernen müssen, denn es wird Taschencomputer geben, in die man in der eigenen Sprache hineinspricht und aus denen es in einer fremden Sprache heraustönt. So werden sich die Menschen immer mehr mittels eines Computers miteinander verständigen. Manchmal habe ich die erschreckende Vision, es könnten irgendwann die Computer ohne Menschen miteinander sprechen.
Meine lieben Enkelkinder, wir haben lange und gute Gespräche miteinander geführt, seit Ihr groß genug wart, um nach und nach meine Erlebnisse und die Leiden der Menschen unter der Naziherrschaft zu erfahren. Ich hoffe, daß Ihr diese Gespräche in das neue Jahrhundert mitnehmen werdet und durch das Wissen um die Gefahren, von denen ich Euch erzählt habe, besser vor ihnen geschützt sein werdet.

In Liebe
Euer Großvater Simon Wiesenthal

Die Autoren

Vladimir Ashkenazy

Der Konzertpianist und Dirigent Vladimir Ashkenazy wurde 1932 in Rußland geboren und absolvierte das Moskauer Konservatorium. 1963 ging er in den Westen. Seitdem ist er überall auf der Welt aufgetreten und hat zahlreiche Platten herausgebracht, insbesondere mit klassischen und romantischen Stücken als Interpret Rachmaninows, Liszts, Prokofiews und Chopins.
Seit 1989 ist Ashkenazy Chefdirigent des Deutschen Symphonieorchesters Berlin.

Joan Baez

Joan Baez, amerikanische Sängerin und Liedermacherin, wurde 1941 geboren. Kennzeichnend für ihre musikalische Karriere ist, daß sie sich in ihren

Liedern stets auch politisch engagierte und für den Weltfrieden eintrat. In den 60er Jahren war sie zusammen mit Bob Dylan das Idol einer ganzen Generation. Sie hat über 30 Plattenalben herausgebracht. 1979 gründete sie die Organisation »Humanitas International«.

Harry Belafonte

Der Sänger und Schauspieler Harry Belafonte wurde 1927 in New York geboren und hat einen Teil seiner Kindheit auf Jamaika verbracht. Seit etwa 1950 interessierte er sich für volkstümliche Musik. Mit seinen Interpretationen westindischer Volkslieder errang er Weltruhm. Der »Banana Boat Song« und »Jamaica Farewell« wurden zu großen Erfolgen. In den 50er Jahren trat er in verschiedenen Musicals sowohl im Film als auch auf der Bühne auf.
Belafonte ist außerdem für sein Engagement für die Rechte der Schwarzen in Amerika bekannt. 1982 erhielt er den Martin-Luther-King-Friedenspreis.

Gro Harlem Brundtland

Die norwegische Politikerin und Ärztin Gro Harlem Brundtland wurde 1939 in Oslo geboren. Sie arbeitete von 1965–1974 im Norwegischen Ministerium für Gesundheit und Soziales und im Osloer Gesundheitsamt. Von 1976–1979 war sie Umweltministerin. 1981 wurde sie Parteivorsitzende und – als erste Frau – Norwegens Ministerpräsidentin, ein Amt, in das sie 1986–1989 und 1990–1996 wiedergewählt wurde.
Als Vorsitzende des Komitees für Umwelt und Entwicklung in den Vereinten Nationen war Gro Harlem Brundtland die treibende Kraft beim sogenannten Brundlandt-Report, der sich dafür einsetzt, der exzessiven Ausbeutung der Bodenschätze ein Ende zu setzen. Der Bericht wurde 1987 veröffentlicht und führte zu der Umweltkonferenz von Rio 1992.

Jung Chang

Die Autorin Jung Chang wurde 1952 in Sichuan, China, geboren. Während der Kulturrevolution wurde ihre Familie vom herrschenden Regime verfolgt und sie selbst in einen entlegenen Winkel im Himalaya verbannt. Die tragischen Umstände die-

ser Zeit unter kommunistischer Herrschaft beschreibt sie in ihrem 1991 erschienenen Buch »Wilde Schwäne«.
Jung Chang verließ 1978 China und lebt heute in London. Im Moment arbeitet sie an einer Biographie über Mao Zedong.

LEONARD COHEN

Der Sänger, Liedermacher und Dichter Leonard Cohen wurde 1934 in Kanada geboren. Mitte der 50er Jahre begann seine Karriere, und in den folgenden zehn Jahren festigte er seine Position in der literarischen Szene. 1967 fing er an, seine eigenen Gedichte zu vertonen. Zu seinen Plattenalben gehören »Songs of Love and Hate« und »I'm Your Man«.
Cohen gehört zu den wenigen Künstlern, die sowohl in der Literatur als auch in der modernen Pop-Musik international großen Erfolg errangen.

Dalai Lama

Tenzin Gyatso war 1950, als ihm der Titel der 14. Reinkarnation des Dalai Lama verliehen wurde, 15 Jahre alt. Seine Versuche, einen friedlichen Dialog mit China zu führen, das Tibet 1950 besetzt hatte, scheiterten 1959, als eine erfolglose Rebellion der Tibeter den Dalai Lama zwang, ins Exil nach Indien zu gehen. Seitdem kämpft er von dort aus für die politische Unabhängigkeit seines Landes.
Als Führer der tibetischen Regierung im Exil hat der Dalai Lama stets seine Anstrengungen fortgesetzt, friedliche Lösungen in internationalen Konflikten zu erwirken. 1989 erhielt er für seine Arbeit den Friedensnobelpreis.

Umberto Eco

Der Schriftsteller und Universitätsprofessor Umberto Eco wurde 1932 im Piemont geboren. Von 1954 bis 1959 arbeitete er beim italienischen Fernsehen und war danach Dozent an verschiedenen Universitäten in Italien und den USA. Er hat eine ganze Reihe von Sachbüchern zur Semiotik und zahlreiche belletristische Werke publiziert.
Mit seinem Roman »Der Name der Rose« gelang

Eco 1981 der aufsehenerregende Durchbruch. Unter den folgenden Büchern sei hier vor allem »Das Foucaultsche Pendel« erwähnt.

Oriana Fallaci

Die Schriftstellerin und Journalistin Oriana Fallaci wurde 1931 in Italien geboren. Ihren ersten Auftrag als Journalistin erhielt sie bereits 1946, und danach – ab 1950 – arbeitete sie als Korrespondentin, von 1967 an als Kriegsberichterstatterin im Mittleren Osten, Vietnam, Pakistan und Südamerika. Sie wurde außerdem berühmt für ihre Interviews mit bedeutenden Politikern.
Zu Oriana Fallacis Büchern zählen »Ein Mann« und »Inschallah«. Fallaci gewann verschiedene internationale Preise, darunter den Hemingway-Preis für Literatur.

Marilyn French

Die Autorin und Kritikerin Marilyn French wurde 1929 in den USA geboren. In den 60er und 70er Jahren arbeitete sie als Dozentin an verschiedenen Colleges.

In den späten 70er Jahren veröffentlichte Marilyn French den Roman »The Women's Room« (»Frauen«), 1981 folgte »The Bleeding Heart« (»Das blutende Herz«). Beide Bücher behandeln feministische Themen. 1985 erschien ein »Arbeitsbuch für Frauen« mit dem Titel »Jenseits der Macht. Frauen, Männer und Moral«, und 1995 kam der Roman »Our Father« (»Vater unser«) heraus.

Nadine Gordimer

Die Schriftstellerin Nadine Gordimer wurde 1923 als Tochter jüdischer Eltern in dem südafrikanischen Grubenstädtchen Springs geboren. Ihre Romane befassen sich mit den Spannungen zwischen Schwarzen und Weißen in ihrer südafrikanischen Heimat. 1987 war sie Vizepräsidentin der internationalen Abteilung des PEN, und seit 1990 ist sie Mitglied des African National Congress (ANC).
Zu ihren Büchern zählen »A World of Strangers« (»Fremdling unter Fremden«), »A Sport of Nature« (»Ein Spiel der Natur«) und »My Son's History« (»Die Geschichte meines Sohnes«). Nadine Gordimer hat zahlreiche literarische Preise gewonnen, darunter den Booker Prize (1974) und 1991 den wichtigsten, den Nobelpreis.

VÁCLAV HAVEL

Der Schriftsteller und Politiker Václav Havel wurde 1936 in der Tschechoslowakei geboren. Er studierte Wirtschaftswissenschaften, verließ dann aber vorzeitig die Universität und wandte sich dem Theater zu. Er gilt als einer der Wegbereiter des modernen absurden Theaters. Bei der Gründung der Charta 77 für Menschenrechte war er maßgeblich beteiligt und einer der drei ersten Sprecher der Gruppe.
Havel saß immer wieder im Gefängnis oder stand unter Hausarrest. Nach seiner Freilassung 1989 kandidierte er für den Posten des Präsidenten der Tschechoslowakischen Republik und gewann die Wahl. Seit 1993 ist er Präsident der Tschechischen Republik. Zu seinen Stücken gehören »Die Benachrichtigung«, »Das Gartenfest« und »Erschwerte Möglichkeit der Konzentration«, zu seinen Büchern unter anderen »Briefe an Olga«. 1989 erhielt Havel den Friedenspreis des Deutschen Buchhandels.

THOR HEYERDAHL

Der Zoologe, Anthropologe und Schriftsteller Thor Heyerdahl wurde 1914 in Larvik, Norwegen, gebo-

ren. Er erlangte 1947 Weltruhm als Leiter der Kon-Tiki-Expedition, eine Großtat, die er 1970 wiederholte, als er den Atlantik auf dem nachgebauten prähistorischen Boot Ra II überquerte. Beide Expeditionen wurden sowohl in Büchern wie auch in Filmen festgehalten; der Kon-Tiki-Film gewann 1951 sogar einen Oscar.
Diese Expeditionen sind jedoch nur die dramatischen Höhepunkte einer langen, kontinuierlichen und ungewöhnlichen wissenschaftlichen Karriere, für die Thor Heyerdahl mit zahlreichen Preisen und Auszeichnungen geehrt wurde.

Doris Lessing

Die Schriftstellerin Doris Lessing wurde 1919 im Iran geboren, wuchs in Südrhodesien auf und lebt seit 1949 in England. Der Durchbruch gelang ihr 1950 mit dem Roman »The Grass Is Singing« (»Afrikanische Tragödie«, deutsch 1953). Ihre vielen mit Preisen ausgezeichneten Bücher beschäftigen sich oft mit dem Konflikt zwischen Schwarzen und Weißen in ihrem eigenen Land, aber auch ganz allgemein mit den Beziehungen zwischen Individuum und Gesellschaft.

Von 1979 bis 1983 arbeitete Doris Lessing an einer Reihe von Erzählungen: »Canopus in Argos: Archives 1–5«, eine fiktionale Beschreibung der zukünftigen Entwicklung der Erde. Zu den späteren Büchern zählen »The diary of a good neighbour« (»Das Tagebuch der Jane Somers«), »The memoirs of a survivor« (»Die Memoiren einer Überlebenden«) und »The fifth child« (»Das fünfte Kind«).

Astrid Lindgren

Die Schriftstellerin Astrid Lindgren wurde 1907 in Schweden geboren. Sie hat zahlreiche Bücher geschrieben, die sich in erster Linie an Kinder richten, aber auch häufig mit großem Interesse von Erwachsenen gelesen werden. 1945 erregte sie mit »Pippi Langstrumpf« großes Aufsehen, weil sie in diesem Roman auf den in der Kinderliteratur üblichen moralisierenden Unterton verzichtet. Viele ihrer späteren Werke wie zum Beispiel »Wir Kinder aus Bullerbü« sind dagegen durchaus im Sinne üblicher Familiengeschichten geschrieben. Astrid Lindgren erhielt zahlreiche literarische Auszeichnungen, darunter 1978 den Friedenspreis des Deutschen Buchhandels. Mehrere Bücher wurden verfilmt.

Nelson Mandela

Als Sohn eines Häuptlings vom Stamm der Tembu wurde der Politiker Nelson Mandela 1918 in Südafrika geboren. Er war Gründungsmitglied des African National Congress (ANC), und 1962, ein Jahr nachdem der Kongreß für illegal erklärt worden war, wurde Mandela verhaftet und zu fünf Jahren Gefängnis verurteilt. Bei einem erneuten Prozeß 1963/64 bekam er lebenslänglich.
Auf massiven internationalen Druck wurde Mandela schließlich 1990 freigelassen. 1993 erhielt er den Friedensnobelpreis, und im Jahr darauf wurde er zum Präsidenten von Südafrika gewählt.

Martina Navratilova

Tennis-Star Martina Navratilova wurde 1956 in der Tschechoslowakei geboren. 1975 bat sie in den USA um Asyl. Von 1982 bis 1985 war sie die Nummer eins der Weltrangliste, und 1984 stellte sie einen Rekord von Siegen in Serie für weibliche Tennisprofis auf. Sie ist die einzige, die in Wimbledon 100 Spiele gewonnen hat, wo sie außerdem acht Titel im Einzel und sechs im Doppel errang.
Martina Navratilova hat auch Kleider entworfen;

sie hat eine Autobiographie verfaßt und ist Koautorin eines Romans.

Shimon Peres

Der israelische Politiker Shimon Peres wurde 1923 geboren. Ursprünglich Mitglied der Mapai-Partei, gründete er später die Rafi-Partei und wurde ihr Generalsekretär. Als sich diese Partei zusammen mit anderen zur Israelischen Arbeiterpartei zusammenschloß, wurde Peres zu ihrem Führer gewählt. Seit 1959 ist er Mitglied der Knesset und bekleidete zahlreiche Ministerposten. Von 1984 bis 1986 war er Premierminister, und zwei Legislaturperioden lang hatte er das Amt des Außenministers inne.
Shimon Peres bekam 1994 zusammen mit Yitzhak Rabin und Jassir Arafat den Friedensnobelpreis verliehen.

Karlheinz Stockhausen

Der Komponist und Dirigent Karlheinz Stockhausen wurde 1928 auf Burg Mödrath in Köln geboren und studierte an den Universitäten Köln und Bonn. Schon sehr früh begann er mit elektronischer Musik

zu experimentieren, und 1958 ging er auf Tournee nach Kanada und in die USA. Seitdem gab er in der ganzen Welt Konzerte.
Stockhausen hat 250 Werke geschrieben und über 100 Schallplatten mit eigenen Kompositionen herausgebracht. Zu seinen Werken zählen die elektronischen »Hymnen«, der Choral »Momente« und die gigantische Oper »Licht«. In den letzten Jahren ist er zu einem Vertreter »intuitiver« Musik geworden, bei der die Musiker keine Partitur bekommen, sondern lediglich eine Art Entwurf, nach dem sie zu improvisieren haben.

Desmond M. Tutu

Der Erzbischof und Bürgerrechtler Desmond M. Tutu wurde 1931 in Südafrika geboren. Er hat an verschiedenen Colleges und Universitäten in seiner Heimat und in England unterrichtet und über 50 Auszeichnungen von akademischen Einrichtungen in Europa und den USA erhalten.
Desmond M. Tutu wurde außerdem 1984 der Friedensnobelpreis zuerkannt.

Liv Ullmann

Die norwegische Schauspielerin Liv Ullmann wurde 1938 in Tokio geboren. Ihr Debüt auf der Bühne erlebte sie 1957, und seitdem hat sie sowohl am Theater wie im Film eine Vielzahl großer Rollen gespielt. International bekannt wurde sie durch ihre Zusammenarbeit mit dem schwedischen Filmregisseur Ingmar Bergman – ihrem zeitweiligen Lebensgefährten –, so in dem auch als Fernsehserie ausgestrahlten Film »Szenen einer Ehe« und in »Herbstsonate«.
Regie führte Liv Ullmann erstmals 1992 in dem Film »Sofie«, und im vergangenen Jahr drehte sie nach einem Drehbuch von Bergman den Film »Intimate Conversations«.
Liv Ullmann hat sich von Beginn ihrer Karriere an für humanitäre Belange eingesetzt und ist seit 1980 Sonderbotschafterin des Kinder-Hilfswerkes der Vereinten Nationen UNICEF.

Jørn Utzon

Der Architekt Jørn Utzon wurde 1918 in Dänemark geboren. Er ließ sich anfangs von Alvar Alto inspirieren und studierte in den Nachkriegsjahren in

Helsinki. 1957 gewann er mit seinem Entwurf den Wettbewerb für die Oper von Sydney, ein Projekt, an dem er in Dänemark und Australien arbeitete, aus dem er sich aber später zurückzog. 1966 siegte er beim Wettbewerb für den Entwurf des Züricher Schauspielhauses.
Jørn Utzon hat sich außerdem durch seine Entwürfe für Wohnsiedlungen einen Namen gemacht und verschiedene internationale Preis entgegengenommen.

Lech Wałęsa

Der Politiker Lech Wałęsa wurde 1933 in Polen geboren. Durch seine Arbeit als Elektriker auf der Lenin-Werft von Gdansk wurde er Gründungsmitglied und Vorsitzender der unabhängigen Gewerkschaft Solidarität, ein Amt, das er bis in die 80er Jahre innehatte. Während der Streiks 1980 und 1981 wurde er verhaftet und 1982 wieder freigelassen.
Lech Wałęsa führte in der Krise von 1988 und 1989 die Verhandlungen der Gewerkschaft Solidarität mit der kommunistischen Regierung. Er bekam 1983 den Friedensnobelpreis und war von 1990 bis 1995 Präsident von Polen. 1987 veröffentlichte er seine Autobiographie.

Fay Weldon

Fay Weldon wurde 1933 in Großbritannien geboren. Seit den späten 70er Jahren errang sie mit einer Reihe von Romanen mit feministischen Ansichten und oftmals ironischem Touch internationale Aufmerksamkeit.
Literarisch gesehen stellen Fay Weldons Romane durch ihre Verwendung eines einfachen Stils mit häufigem Wechsel der Erzähltechnik ein Novum dar. Zu ihren Büchern zählen »The Live and loves of a She-Devil« (»Die Teufelin«), »Herzenswünsche« und »Ehebruch«.

Elie Wiesel

Der Schriftsteller und Professor Elie Wiesel wurde 1928 als Sohn jüdischer Eltern in Rumänien geboren. Zusammen mit seiner Familie kam er 1944 in das Konzentrationslager Auschwitz. Nach dem Krieg lebte er einige Zeit in Paris, ehe er sich in den USA niederließ. Seine erschütternden Erlebnisse im KZ hat er in dem Buch »Die Nacht« festgehalten.
Elie Wiesel erhielt 1986 den Friedensnobelpreis. Er ist heute Professor an der Universität Boston.

Simon Wiesenthal

Simon Wiesenthal wurde 1908 in Österreich geboren und absolvierte das Studium der Architektur. 1941 wurde er als Jude von den Nazis verhaftet und war mehrmals – in den Jahre 1941–43 und 1944–45 – in Konzentrationslagern.
Seit dem Zweiten Weltkrieg gehört Wiesenthal mit seinem »Dokumentationszentrum« zu den führenden Köpfen bei der Aufspürung und Verfolgung ehemaliger nationalsozialistischer Kriegsverbrecher.

Quellennachweis

Gro Harlem Brundtland hat ihre Abschlußrede auf der vierten Weltfrauenkonferenz in Beijing vom 15.9.1995 zu diesem Buch beigesteuert. – *Umberto Eco*, »Brief an meinen Sohn«, stammt aus dem Jahr 1964. – *Oriana Fallacis* Text ist ein Auszug aus ihrem Buch »Letter to a child never born« (»Brief an ein nie geborenes Kind«), © 1975 RCS Rizzoli Libri S.p.A., Milano; © 1994 RCS Libri & Grandi Opere S.p.A., Milano. – *Václav Havels* Beitrag ist eine Rede, die er am 30.9.1990 auf dem Weltgipfel für Kinder der Vereinten Nationen in New York gehalten hat. – Die Erzählung von *Astrid Lindgren*, »Susi Unverzagt«, ist bereits als Kurzgeschichte erschienen. – *Nelson Mandela* hat der Herausgeberin seine Rede überlassen, die er beim Treffen bedeutender Persönlichkeiten zur Studie über die Auswirkungen bewaffneter Konflikte auf Kinder am 29.1.1996 hielt. – *Liv Ullmanns* Brief an ihren Enkelsohn erschien 1993 im »International Herald Tribune«.

Große Erzähler unserer Tage erinnern sich an ihre Heimat

Überall kann Heimat sein

Hans Eppendorfer · Ruth Geede
Eva Jantzen · Walter Kempowski
Gabriel Laub · Siegfried Lenz
Ronnith Neumann · Ulrich Schacht
Sybil Gräfin Schönfeldt
Arno Surminski · u.a.

Langen Müller

Viele bekannte und eine Reihe neu zu entdeckender Schriftsteller versuchen eine Annäherung an das, was ihnen Heimat bedeutet. Die vielseitigen Ergebnisse dieser Spurensuche laden ein zur Auseinandersetzung, zur Erinnerung und zur Identifikation.

LANGEN MÜLLER